B's-LOG BUNKO

夢美と銀の薔薇騎士団

序章 総帥レオンハルト

原作／藤本ひとみ
Hitomi Fujimoto

文 ／柳瀬千博
Chihiro Yanase

ビーズログ文庫

［夢美と銀の薔薇騎士団］

序章 総帥レオンハルト 目次

鈴《すず》影《かげ》聖《せい》樹《じゅ》
本名は、聖樹・レオンハルト・ローゼンハイム・ミカエリス・鈴影。名門ミカエリス家の養子として育てられる。当主かつ「銀の薔薇騎士団」総帥になる夢を持ち、次期当主選抜教練に挑む。

夢美と銀の薔薇騎士団 人物紹介

序章 総帥レオンハルト

リーザ

オルデンブルク家出身の次期総帥候補生。聖樹より3つ年上だが、屈強なライバルでもあり、よき理解者。

ラ・ルリジオン

ミカエリス本家の嫡男で、聖樹とは1歳違いの義兄。聖樹の大切なライバルとして、ともに次期総帥位を目指す。

「銀の薔薇騎士団」とは?

三宇宙四精霊の聖物「月光のピアス」、「星影のブレス」、「太陽のリング」、「風のシルフの聖十字」、「土のグノームの聖剣」、「水のオンディーヌの聖衣」、「火のサラマンドラの聖冠」——「七聖宝」と呼ばれるこの聖宝を、ローマ法王の命により守るべく作られた秘密結社が銀の薔薇騎士団である。

組織の総帥は、ミカエリス家当主を兼任。その座にあこがれ、ミカエリス家一門ほか、全ドイツから候補者が殺到し、総帥位は厳しい選抜教練によって選ばれる。

また、総帥が選ぶ「貴女《ダァム》」は、騎士たちの崇拝の象徴として崇められる存在。

まえがき

初めて、この作品を手に取ってくださる皆様へ。


これは、一九八九年にスタートしたシリーズです。

復刊《ふっかん》および完結に当たっては、新たな書き下ろしを加え、大幅な加筆《かひつ》を行いました。

お楽しみいただけると、幸いです。


かつてこの物語を読んでいた方々へ。

私の元に、

「未完の『銀バラ』を完結してほしい」

「総帥《そうすい》の復活を待ち望む」

というお手紙がたくさん届けられるようになり、中には切実な内容もあって、私は完結に向けて動き始めました。

これは、具体的に申し上げれば、自分の態勢《たいせい》を作ることと、発刊してくれる出版社を探すことの二つです。

いくら完結させたいと思っていても、そのための時間と体力がなければ難《むずか》しく、またそれを出してくれる出版社がなくては、皆様の元に届けることができません。

自分の態勢を作ることは、何とかできたのですが、出版社との交渉《こうしょう》・・・これが大変な難《なん》物《ぶつ》で、態勢を作る以上の年月がかかりました。

ファンクラブの会員の方々には、折りに触《ふ》れてご報告してきたのですが、確定したことしかお伝えできないため、どうしても情報が遅れがちになり、また時には絶望的《ぜつぼうてき》な状況に陥《おちい》り、とても文字にできないような時期もありました。

特にリーマンショック後の不景気《ふけいき》によって道が狭《せま》くなり、さらに震災《しんさい》によって市場が縮小して、まったく打開できませんでした。

どの出版社も、「すでに古くなったこの作品を新しく発刊しても、売れない」と考えていたのです。

断わられることが続き、またいったん引き受けてもらっても、その後、話が逆戻りして消えてしまうこともありました。

その間には、「ぜひ銀バラを当社で」と声をかけてくれた出版社もいくつかあったのですが、よく話してみると、これでは任《まか》せられないとか、これでは作品の性質《せいしつ》が変わってしまうというような状態でした。そんな話し合いの中で、時には、質を変える方向に傾《かたむ》いたこともあります。

しかし構成を変更していくうちに、原点から離れないのが読者の方々の希望であることを考え、思い直しました。

発行社が見つからないまま時間が流れ過《す》ぎ、毎年、自分の無力さをかみしめてきました。

それでも、いただいたお手紙のお返事には、「決してあきらめない、全力をつくす」と書いてきたかと思います。

そのために、努力を重ねました。

ここに、ようやく復刊が成《な》り、喜びにたえません。

これは、ビーズログ文庫に、この作品を愛してくれる編集者がいたからでした。

長い年月がかかりましたが、めぐり会えて、よかった！

心から感謝しています。

復刊に当たっては、完結を望んできた皆様の気持ちに添《そ》い、また私の手元に寄せられた多くのお手紙に書かれていた希望を叶《かな》えるために、

1、今までの物語を、できるだけ変えないようにすること。

2、今まで書かれていなかった新しい物語を書きこむこと。

この二つを心がけました。

矛盾《むじゅん》する二つの命題《めいだい》を、何とか両立させることができたと思っています。

これは、今まで皆様が読んできた「銀バラ」であり、同時に今まで読んだことのなかった「銀薔薇《ばら》」です。

どうぞ、お楽しみください。

藤本ひとみ

イラスト／えとう綺羅

夢美と銀の薔薇騎士団

序章 総帥レオンハルト

誕生《たんじょう》

その日、ミカエリス家当主《とうしゅ》、かつ「銀の薔薇騎士団《ばらきしだん》」総帥《そうすい》は、執務室《しつむしつ》で仕事をしていた。

すでに十二月も二十四日を迎え、部屋の内装《ないそう》はカーテンも絨毯《じゅうたん》も、そして椅子《いす》に貼《は》ってある布も、すべて冬用のベルベットに替《か》えられている。

ただ窓際に置かれた、樫材《かしざい》の古く大きな机だけが変わらなかった。

天板《てんばん》にピエトラ・ドゥーラをはめこみ、瑪瑙《めのう》やラピスラズリ、アラバスター、真珠《しんじゅ》などで、咲き乱《みだ》れる花園と勝利の女神《めがみ》を表したそれは、中世期においてミカエリス家がメディチ家と戦い、花の都《みやこ》といわれたフィレンツェを征服《せいふく》した時の戦勝記念に、その地の工房《こうぼう》で作らせた物だった。

以降、ミカエリス家の当主は、この机で執務することになっている。

そっとドアを開けた執事《しつじ》は、机に向かっている当主に歩み寄った。

「旦那様《だんなさま》」

当主は、視線を書類に落としたままで答える。

「なんだね、シュタット」

　執事は、ていねいに低頭《ていとう》し、口を開いた。

「医師《いし》の話によれば、奥様のお具合は相当お悪いご様子。最新の治療《ちりょう》を施《ほどこ》しているというのに、ご自身に、生きるという積極的な気持ちがおありにならないため、はかばかしい結果が得られないとか。先週、二人目のお子様を死産《しざん》されたことが、いまだに尾を引いているかと思われます。医師にまかせて治療を進めるだけでなく、お気持ちを引き立てられるような何かをしてさしあげた方がよろしいかと」

　当主は、目を通していた書類から顔を上げる。

「何かとは、具体的に何だね。母国の日本に帰してやるとか、か？　それはできない。この家に嫁《とつ》いで病《やまい》に倒《たお》れていることが知れれば、ミカエリス家の責任《せきにん》が問われる。スキャンダルになりかねない」

　執事はしばし口ごもり、やがて思い切るように言った。

「亡《な》くなられたお子様の代わりを見つけ、養子《ようし》として引き取られるのがよろしいかと。その子を育てることで、奥様のお気持ちも慰《なぐさ》められるでしょう」

　当主は、再び書類に目を落とす。

「子供なら、ラ・ルリジオンがいるではないか。まだ一歳だ。彼で充分《じゅうぶん》なのではないか」

　執事は、当主の顔色をうかがい、おずおずと切り出した。

「お言葉ですが、ラ・ルリジオン様は、お生まれになって以来ずっと、ヨハンナ様のお世話を受けていらっしゃいます。使用人たちも、ラ・ルリジオン様に関することは、ヨハンナ様の許可を取るように言われているのです。奥様は、口をはさむこともおできになりません。ヨハンナ様がお育てになっているといっても過言《かごん》ではない状態でございます。ラ・ルリジオン様も、すでにヨハンナ様になついておられ、お顔が見えないとそわそわしていらっしゃいます。たまに奥様がお抱きになると、泣き出される始末《しまつ》です」

当主は、わずかにため息をついた。

「白血病《はっけつびょう》は、先端《せんたん》医療《いりょう》にとっても難物《なんぶつ》だ。闘病《とうびょう》に関して、本人のメンタリティが大きく左右することも自明《じめい》の理《り》。養子の一人や二人ですむのなら、そうするがいい。我《わ》が家《や》には、親族の子供たちもたくさん同居している。ここでそれが一人増えたとしても、どうということはない」

執事は、顔を輝《かがや》かせた。

「承《うけたまわ》りました。偶然《ぐうぜん》ですが、亡くなったお子様と、同じ時期に生まれた子供がおります」

当主は一瞬、目を上げ、苦笑《くしょう》した。

「偶然ではないだろう。たくらんだな」

執事は、息を呑《の》む。

当主は鼻で笑い、再び視線を書類に戻した。

「私の耳に届いていないとでも思うのか」

静かな言い方だったが、威厳《いげん》がこもっていた。

執事は、深く頭を下げる。

「申し訳ございません」

当主は、わずかに首を横に振った。

「まぁ私も、強いことは言えない。自分の妹の不祥事《ふしょうじ》だからな。不義《ふぎ》の子供となれば、正式にミカエリス家に入れることはできない。だが、我が家の血を引いていることは確かだ。それを家に戻そうとしてくれているおまえの気持ちには感謝する」

執事は、痛み入るといったように胸に手を当てた。

「お家のためでございます」

当主はうなずく。

およそミカエリス家に関しては、当主を始めとして使用人に至《いた》るまで、全員が家名至上主義《しじょうしゅぎ》だった。

「スキャンダルにならないよう、充分気をつけてくれ。で、妻にはどう説明するのだ」

執事は、自信に満ちた微笑《ほほえ》みを浮かべる。

「奥様は、ロマンティックなお人柄《ひとがら》です。幸い今日は、クリスマス・イヴ。庭には、山から切り出してきた大きなモミの木が聖別《せいべつ》され、飾《かざ》ってあります。この根元に、赤子《あかご》が捨《す》てられていたと申し上げるのは、いかがでございましょうか」

当主は、書類にサインをしながら一瞬、微笑んだ。

「おまえにしては、ましなアイディアだ。それでいい」

執事も微笑みを広げる。

「きっと奥様は、その子に、聖《せい》なる樹《き》の子というお名前をおつけになると思います。奥様の母国の言葉にすると、『聖樹《せいじゅ》』でしょうか」

当主はうなずく。

「当面、心の励《はげ》みになるだろう。ああ、もう一つ、子供はまだこれからも望めると妻に言っておいてくれ。私たちの愛情が変わらなければの話だが」

執事は目を見開き、からかうような眼差《まなざし》を当主に向けた。

「ミカエリス家の経営する幼児《ようじ》教育施設《しせつ》が、直系《ちょっけい》のお子様たちだけでいっぱいになる日を、心より楽しみにしております」

聖樹《せいじゅ》、四歳《さい》

長く暗い廊下《ろうか》を、聖樹《せいじゅ》は一人で歩いていた。

ミカエリス家本棟《ほんとう》は、四歳の子供には、まったく広すぎるものだった。

一六〇〇年代に宮殿《きゅうでん》として建造《けんぞう》されたのが最初で、それ以降、増築《ぞうちく》が重ねられており、つい最近の部分は、二〇〇〇年である。

古い建造部分ほど、壁が厚く、窓が小さく、そして暗い。

当主《とうしゅ》の妻の部屋は、そのもっとも古い、奥まった所にあるのだった。

聖樹にとっては、大きな森の中も同然で、時々は、迷子《まいご》になることもある。

特に苦手なのは、「沈黙《ちんもく》の回廊《かいろう》」と呼ばれる長さ百メートルの廊下だった。

両側の壁布は、暗い赤を基調にして神話の物語を織《お》り出したタピストリーである。

その赤は、昆虫《こんちゅう》をつぶして作る色で、中世においては、黄金《おうごん》の重さと同等の価値《かち》があったのだった。

壁の所々には、ミカエリス家の先祖《せんぞ》たちが狩猟《しゅりょう》で捕《と》らえた猪《いのしし》や鹿《しか》の首の剥製《はくせい》が飾《かざ》られている。

天井《てんじょう》から吊《つ》るされたうす暗いライトが、それらを照らしているのだが、目にはめこまれた水晶《すいしょう》がよく光って、聖樹をおびえさせた。

なるべく見ないようにして歩いていく。

床は黒い大理石《だいりせき》で、わずかでも踵《かかと》に力を入れると、とたんにすべった。

廊下の端には、ミカエリス家の始祖《しそ》から先代までの当主のブロンズ胸像《きょうぞう》が並べて置かれている。

その瞳《ひとみ》はダイヤモンドでできており、これもまたよく光るのだった。

この廊下は、歴代の当主が多くの客を接待《せったい》し、舞踏会《ぶとうかい》を催《もよお》した場所であり、ある時には大量虐殺《ぎゃくさつ》の場となった所でもある。

中でも、当主の結婚式にかこつけて宴会《えんかい》を行い、その祝いに集まった敵対勢力《てきたいせいりょく》の男子八百五十名を、ここで皆殺《みなごろ》しにしたという「沈黙の日」の伝説は、歩くたびに聖樹の心をおびやかした。

あふれ出る血で、床が海のようだったという。

その血が今、足をすくい、倒《たお》れて死んだ男たちの手が伸びてきて体に巻きつくような気がする。

聖樹は青ざめながら、母に会いたい一心で走った。

走りながら、ヒリヒリする頬《ほお》に手を当てる。

口の中では、まだ血の味がした。


ミカエリス家の館には、直系、傍系《ぼうけい》を含めて多くの親族が住んでおり、その他に貴女《ダアム》ヨハンナや「銀の薔薇騎士団《ばらきしだん》」の首脳部《しゅのうぶ》とその家族も寄宿《きしゅく》している。

子供たちの数だけでも五十人を超《こ》えており、特別の教育が施《ほどこ》されていた。

今日は、「聖なる貴女《ダアム》の教室」が開かれる日で、聖樹も、ミカエリス家に住む子供たちと一緒に参加し、貴女《ダアム》ヨハンナの授業を受けていたのだった。

ところが、その最中に、隣《とな》りの席にいたラ・ルリジオンが、こっそりささやいた。

「ヨハンナ様は、とてもきれいだ。そう思わないか？　一族の中の誰《だれ》よりもきれいだ」

ラ・ルリジオンは、ミカエリス家本家現当主の長男《ちょうなん》である。

この館に住む多くの子供たちの中で、一番目立つ存在だった。

才気闊達《さいきかったつ》で、誰よりも貴女《ダアム》ヨハンナにかわいがられている子供でもある。

また大人たちからも、一目《いちもく》置かれていた。

義兄弟《ぎきょうだい》として聖樹は、幼《おさな》いころから顔を合わせてきたが、どうしても気に入らない。

文句《もんく》のつけようのない血統《けっとう》に加え、貴女《ダアム》ヨハンナの保護《ほご》の下にあり、誰からも支持《しじ》されて好き放題にふるまっている嫌《いや》なヤツだった。

絶対に負けたくない！

いつもそう思ってきた。

三歳になってから幼児教育としての授業が始まり、ラ・ルリジオンとの競《せ》り合いは、そこに持ち越《こ》されて今なお続いている。

二人きりで話したことは、これまで一度もなかった。

人にしろ物にしろ、ラ・ルリジオンがほめたとたんに、聖樹には大したものではないように思えてくるのだった。

「それほどでもないよ」

聖樹がそう言うと、ラ・ルリジオンは、ムッとしたように言いつのった。

「おまえの目って、おかしいんじゃない？　ヨハンナ様は、最高だよ」

それで思わず言ったのだった。

「母様《かあさま》の方がずっときれいだよ。僕はいつも思ってる、母様の方が貴女《ダアム》にふさわしいってね。ラ・ル、君は母様の本当の息子《むすこ》なのに、ヨハンナ様のことばっかりほめるのはどうかと思うよ」

瞬間《しゅんかん》、ラ・ルリジオンの片手が飛び、聖樹の頬の上で大きな音を立てた。

「おまえ、生意気《なまいき》だぞ」

授業をしていたヨハンナが、手に持っていた本を置き、こちらに近寄《ちかよ》ってくる。

さい」

「そこの二人、授業を中断《ちゅうだん》させた事情を聞きましょう。ラ・ルリジオン、立って。説明しな

聖樹は、横を向いた。

ラ・ルリジオンは、貴女《ダアム》ヨハンナのお気に入りだった。

だからこんな時も、彼に説明させるのだ。

ラ・ルリジオンは、どうせごまかすだろう、貴女《ダアム》ヨハンナに悪く思われたくないから。

そして聖樹が、貴女《ダアム》ヨハンナをけなしていたと言いつけるだろう。

結局、悪いのは聖樹ということになるのだ。

聖樹は口の中にあふれる血を、床に吐《は》き飛ばした。

ちきしょう！

「僕が、聖樹をぶちました」

ラ・ルリジオンの言葉が、強い風のように聖樹の心を打つ。

聖樹は目を丸くした。

「聖樹は、手を出していません。なぜぶったかと言うと、それは、くやしかったからです。僕にとっては我慢《がまん》できないようなことを聖樹が言ったから」

ラ・ルリジオンは、事実をきちんと話した。

ごまかそうと思えば、いくらでもできたというのに、そうせずに自分が先に手を出したこと

を認め、しかもその内容については言わなかった。

自分が貴女《ダアム》ヨハンナをほめ、聖樹がそれを否定《ひてい》したと言えば、貴女《ダアム》ヨハンナからよく思われることはわかりきっているのに、それをぼかしたのだった。

聖樹は、びっくりしてラ・ルリジオンを見つめた。

今まで傲慢《ごうまん》なヤツだと思ってきたのだが、そうとばかりは言えないのかもしれない。ちょっとだけ、そんな気がした。

「そう、わかりました。では座《すわ》って。聖樹、原因を作ったのはあなたね。人が手を出さなければならなくなるほどのことを言ったあなたが、悪いわ」

聖樹は、奥歯をかみしめる。

いつもこうだ。

「授業のジャマをする子は、皆の迷惑《めいわく》です」

貴女《ダアム》ヨハンナは、僕が嫌《きら》いなんだ。

「出ておいきなさい」

聖樹は立ち上がり、皆の机の間を通って外に出た。

自分の部屋に帰ろうかとも思ったのだが、母の顔が見たかった。

それで母の部屋まで足を延《の》ばすことにしたのだった。

何とか母の棟まで行き、続き部屋の端にたどり着いて、目の位置と同じくらいな高さにあるドアノブを両手でつかみ、全身の力で、重く大きなドアを開ける。

入ったところは、「客待ちの間」で、小間使《こまづか》いや女の使用人たちがたくさんいた。

皆、忙《いそが》しそうに仕事をしている。

繕《つくろ》いものをしたり、アイロンをかけたり、小物を磨《みが》いたり、目録《もくろく》のチェックをしている者もいた。

その間を通り抜《ぬ》けて、ドアが開いたままになっている部屋に入る。

そこが居間だった。

明るい色のテーブルやソファが並んでいるのは、暗い部屋を少しでも居心地《いごこち》のいいものにしようとして母が考えたことだった。

部屋の突《つ》き当たりに閉まったドアがあり、その向こうが寝室《しんしつ》である。

聖樹はそこまで行き、再びドアノブにぶら下がるようにしてそれを開こうとした。

「あら、坊《ぼっ》ちゃま」

気がついた小間使いが駆《か》け寄ってきて、開けてくれる。

「ダンケ」

礼を言ってから、ドアの開いた寝室に向きなおった。

ここも、やはり、昼間でも電気が必要なほどうす暗い。

聖樹は、貴女《ダアム》ヨハンナの部屋を思った。

ごく最近、新築された部分で、南に面しており、とても明るく、風通しがいい。

母にも、そんな部屋に住んでほしかった。

そうしたら病気もよくなるかもしれない。

「まぁ聖樹、どうしたの」

隅《すみ》にあるベッドから半身起き上がった母が、こちらを見た。

「今は、ヨハンナ様のお話を聞いてる時間でしょ」

聖樹は、ドアに寄りかかり、うつむいた。

話したくない。

心配をかけたくないから。

「ここに来たかっただけだよ」

そう言いながらチラッと母を見る。

「ねぇ、そばに行ってもいい？」

母は苦笑《くしょう》する。

「いらっしゃい」

聖樹は、喜びで胸をいっぱいにしながら走り寄った。

「母様、今日の具合は、どう？　つらくない？」

母は、目だけで聖樹をにらむ。

「あなたがきちんとしていないのは、とてもつらいわ。どうして授業をサボったの」

そう言いながら聖樹の頰に目を止めた。

「聖樹、あなた、頰がはれてるわ。喧嘩《けんか》したのね。それでヨハンナ様に見つかって、教室から出されたんでしょう。しかたのない子ね。相手は誰？」

聖樹は舌打《したう》ちした。

いきなりやられ、そのままになってしまったことが、どうにもくやしい。

「ラ・ルだよ」

母は、ため息をついた。

「じゃラ・ルの頰は、この倍《ばい》もはれているの？　あの子も、教室から出されたわけ？」

聖樹は、くせのない黒髪をサラッと揺《ゆ》すって首を横に振《ふ》った。

「僕だけだ」

母は、目を丸くする。

「どうして？　喧嘩なら、二人が出されるはずでしょ」

できるだけ話したくなかったのだが、こうも突っこんで聞かれてはどうしようもなかった。

「原因を作ったのは僕だから、僕が悪いって」

母はため息をつき、両腕《りょううで》を伸ばして聖樹を抱き上げた。

「不当《ふとう》だわね。かわいそうに」

抱きしめられて、聖樹は満足する。

「別にいいよ。あの教室でヨハンナ様のくだらない授業を受けているより、こうしてた方がずっと楽しいもの」

そう言いながら母を見上げた。

「母様、僕の名前、皆《みんな》と同じじゃないのは、どうして？　ラ・ルもだけど、ここにいる子たちは皆、アルファベットでしょ。僕のだけ変だよ。アルファベットが、一つもない」

母はクスクス笑いながら、聖樹のふっくらとした丸い頬をつつく。

「それはね、あなたの名前が日本語だから。クリスマス・イヴの日に、聖なるモミの木の根元に、あなたはいたのよ。だから聖樹とつけたの。きれいな名前でしょう。お母様の国の言葉よ。日本という国。遠い東の果《は》ての国で、このドイツとの一番の違いは、そうね、秋が長いことかしら。この国では夏が終わると、少しだけ秋で、すぐ冬がくるでしょう。日本はね、秋がとても長いの。空が澄《す》んで、気が遠くなりそうなほどに晴れ渡《わた》って、木々の葉がいっせいに色づいて、燃《も》えるような赤や、暗い赤や華《はな》やかな赤、目も覚めるような黄色や、光のような黄色になって、野山を飾るの。そこに秋の日差しが降り注《そそ》ぐと、まるで絹《きぬ》の織物《おりもの》みたいに、すべてがキラキラと輝《かがや》くのよ。すてきでしょう？」

話しながら母は、聖樹が浮《う》かない顔をしていることに気づく。

「あら、日本の話は好きじゃないの」

聖樹は、ぷるぷると首を横に振った。

「好きだよ。母様の好きなものは、僕、全部好きだ。でも、日本のことを話す母様は、なんだか悲しそうなんだもの。僕は感じてる、母様は日本に帰りたいんじゃないかって。そうでしょ？」

母は、目を伏《ふ》せた。

「私はもう、ミカエリス家の人間なの。嫁《とつ》ぐ時に、そう言われたから。日本のことは、思い出にするようにって。でないと、この家のことを一番大切に考え、この家につくすことができなくなるからって。だから日本は、私にとってもう思い出なの。思い出は、心で思うだけのものよ」

聖樹は小さな手を母の首にまわし、しがみつくように抱きついた。

「僕が、母様を日本に連れていってあげるよ」

母の本当の気持ちをわかっているのは、自分だけなのだと思った。

ヨハンナに夢中のラ・ルリジオンなんかには、絶対わからない。

いくら本当の子供だって、ダメだ。

僕の方が母様を知っているし、母様の心の近くにいる。

「きっとね。だから早く病気を治《なお》して」

母は微笑み、聖樹の柔《やわ》らかな、小さな体を抱きしめた。

「ありがと」

その声に力がこもっていないのを、聖樹は感じ取る。

母から体を離し、言い聞かせるようにつぶやいた。

「ほんとだよ。誓《ちか》ってもいい」

母は、目に笑みを含《ふく》む。

「誓うなどと、軽々しく言ってはいけません。ミカエリス家の男がその言葉を口から出したら最後、何があっても必ず実行しなければならなくなるのですからね」

聖樹は、頬をふくらませた。

「それは知ってる。でも僕、真剣な気持ちで言ったんだ」

母は手を伸ばし、聖樹の頭をなでた。

「ミカエリスは、当主の権限《けんげん》がとても大きな家です。すべてのことは当主が決めるし、何にもまして家の名誉《めいよ》が優先されます。私が日本に帰れば、こちらに来て病気になったことや、母国を恋しがっていることなどが知られ、この家が批判《ひはん》されるでしょう。だから私は、決して日本には帰してもらえないのです。これは内緒《ないしょ》の話よ。お母様と聖樹の秘密ね」

聖樹は口をつぐんで母を見つめ、それから母の両方の二の腕をつかんでその顔をのぞき見た。

「僕、ミカエリスの当主になるよ。そしたら、母様を日本に帰すことができるもの」

母は、くすっと笑った。

「ミカエリスは、実力主義《しゅぎ》。一族の中で一番すぐれた男が当主になる決まりです。あなたももうすぐ、そのための教練《きょうれん》に入るでしょう。でも競争相手は、多いのよ。ドイツ中に散っているミカエリス一族の中から選抜《せんばつ》された少年たちや、一般公募《こうぼ》でやってくる子たちが集まってきて、さらに訓練されて、その中からたった一人が選ばれるの。聖樹あなた、直系のラ・ルたちを相手にまわして、勝つ自信があって？」

聖樹は、コクンとうなずいた。

「積《つ》み木の片づけ競争で、僕はラ・ルに負けた。ダーツの投げ合いでも、五十メートルのクロールでも負けてる。はっきり言ってこれまで勝ったことがない。だってラ・ルは、僕より一つ上なんだもの。でも僕、頑張《がんば》るよ。きっと当主になってみせる」

そう言いながら、細い小指を立てて母の目の前に出した。

「だから母様も、頑張って病気を治して。ほら、約束だよ」

母の手をつかみ、その小指に自分の小指を十字にからませ、握《にぎ》りしめて強く揺《ゆ》さぶる。

「僕は当主になって母様を日本に連れていく。母様は病気を治す。そのために、お互いに努力《どりょく》する。これは僕らの誓い。神様、僕らをお見守りください。ほら、母様も祈《いの》って」

母は、目を伏せる。

「あまり大きな望みを抱《いだ》いてはいけないわ。母様は、聖樹とこうして一緒にいられるだけで充分《じゅうぶん》なの」

聖樹を引き寄せ、胸の中に抱きしめた。

「とても幸せ」

聖樹は、ちょっと笑う。

「僕が次期《じき》当主選抜教練に入ったら、宿舎《しゅくしゃ》住まいだよ。母様とは全然、会えなくなるんだ。だから、お互いにこの誓いを胸に抱いていようよ。そうすれば、離れていても努力できる。僕らの幸せのためにね」

母は聖樹を見つめる。

まだ幼いというのに、何もかもわきまえているかのような、不思議な子供だった。

「さぁ、祈って。僕は当主になる。母様は病気を治す。神様、僕らをお見守りください。さぁ、言って！」

ドアをノックする音が響《ひび》き、ゆっくりと開いたそこから貴女《ダアム》ヨハンナが顔を出した。

「奥様、そこにいる私の生徒《せいと》を連れ帰ってもかまいませんか。脱走《だっそう》したので」

母は、あわてて聖樹を床に下ろす。

「はい、申し訳ありません。聖樹、教室に戻りなさい」

ヨハンナは、ふっと微笑んだ。

「きちんと話を聞けないのは、お躾《しつけ》がよくないせいかしら。奥様、あなたは四年前、私におっしゃいましたよね。まるで宣誓《せんせい》でもするかのような勢《いきお》いで、この子だけは私が育てますと。そのお言葉に責任《せきにん》をお持ちくださいな」

母は、目を伏せた。

「至《いた》らぬことでした」

聖樹は、イライラする。

ここで母が謝る必要など、まったくないように思えた。

「それとも、これはお躾のせいではなく、血の問題かしら。聖樹は拾《ひろ》い子《ご》ですものね。どんな両親を持っていることやら」

むっとする聖樹の肩《かた》を、母がそっと押さえる。

「黙《だま》って。さ、お行きなさい」

聖樹は、抗議《こうぎ》の気持ちをこめて母を見た。

だが、母は首を横に振るばかりだった。

「わざわざお迎えにきてくださったのですよ。ヨハンナ様の教室に戻りなさい」

聖樹はため息をついて、あきらめる。

母は、ヨハンナに逆らったことがない。

何を言われても言い返さず、いつも黙って従《したが》っていた。

なぜだろう。

ミカエリス家の当主は、同時に「銀の薔薇騎士団」の総帥《そうすい》であり、その騎士団の中心には、全騎士の崇拝《すうはい》の対象《たいしょう》である貴女《ダアム》がいる。

騎士の全員、それに総帥でさえも貴女《ダアム》には逆らわず、心からの尊敬《そんけい》と、聖なる愛を捧《ささ》げているのだった。

その貴女《ダアム》の地位に、今はヨハンナが就《つ》き、絶対の権力《けんりょく》を振るっている。

だが当主の妻は、騎士団とは、何の関わりもない人間だった。

聖樹の母が、ヨハンナに従わなければならない義務《ぎむ》はない。

「聖樹、よく聞きなさい」

ヨハンナは聖樹の手首をつかみ上げ、きつい目を向けた。

「教室から出ていきなさいと言われたら、おとなしく廊下に立っているものですよ。動いてはなりません。これは当たり前のことなのです。まったくこんなこともわからないなんて」

聖樹の手をグイッと引っぱり、ヨハンナは出入り口に向かう。

ドアの前まで来てふと足を止め、ベッドの方に向きなおった。

「まさか、奥様」

そう言いながら、憎悪《ぞうお》に満ちた笑みを浮かべる。

「私の主催《しゅさい》する『聖なる貴女《ダアム》の教室』を混乱《こんらん》させようとして、あなたが聖樹に命《めい》じたわけではありませんよね」

母は、静かに答えた。

「違います」

ヨハンナは、突き刺《さ》すような眼差《まなざし》を母に向けてから聖樹の手をつかみなおし、身をひるがえした。

「いらっしゃい。あなたのせいで、皆が時間を無駄《むだ》にしましたよ」

引きずられながら聖樹は思う。

ヨハンナ様は、母様を憎《にく》んでいる。

だから僕のことまで、気に入らないんだ。

でも、なぜ憎むのだろう。

どうして母様をいじめるの。

かわいそうな、母様。

僕が大きくなったら、絶対に守るよ。

つらい思いなんか、これっぽっちもさせない！

そのために早く大きくなるからね。

待っていて！

初《はじ》めての握手《あくしゅ》

その日は、最低の日だった。

貴女《ダアム》ヨハンナの授業の後、退屈《たいくつ》な「瞑想《めいそう》の時間」があり、その後は音楽で、好きなビオラに触《さわ》らせてもらえるのかと思ったら、ピアノだった。

「課題《かだい》はやってきましたか」

音楽教師《きょうし》は、ショパンやリストが好きで、その二人の作品の中から自由に選んで演奏《えんそう》せよという課題をよく出す。

聖樹《せいじゅ》が好きなベートーヴェンは、めったに弾《ひ》かせてもらえなかった。

「では一人ずつ、自分の選んだ曲名を発表して、演奏してください」

こういう時の順番は、ラ・ルリジオンが最初で、次が聖樹と決まっている。

「夜想曲《やそうきょく》第1番変ロ短調《たんちょう》を弾きます」

ピアノの前に立ったラ・ルリジオンは、即座《そくざ》に椅子《いす》に飛び乗った。

聖樹は、目をしばたたかせる。

ラ・ルリジオンは、椅子を動かさなかった。

そうわかって、ショックだった。

手がまだ小さく、親指から小指までの距離《きょり》が一オクターブに届かないため、途中《とちゅう》で何度も指を換える必要があり、しだいに薬指や小指に力が入らなくなる。

それを補《おぎな》うために、年少の子供は最初に椅子をやや斜《なな》めにし、ピアノとの距離を調整しておくのだった。

椅子を動かさないということは、ラ・ルリジオンの手が成長し、大人の手に近づいたということなのだ。

「そこまでで結構《けっこう》です。素晴《すば》らしくよくできました。では次、聖樹」

聖樹は立ち上がり、ピアノの前に行って、その椅子を動かした。

後ろで、クスッと笑い声が上がる。

肩越《かたご》しに目をやると、ラ・ルリジオンがバカにしたような笑《え》みを浮かべていた。

くやしくて、にらみ返す。

「聖樹、あなたが選んだ曲名は？」

教師に催促《さいそく》されて、あわてて発表する。

「即興曲《そっきょうきょく》、作品66です」

ショパンは好きではなかったが、この曲は、ベートーヴェンのピアノソナタ第14番の中の小節《しょうせつ》に似ており、少しはましなものだった。

ラ・ルリジオンが、ヤジるような声を上げる。

「指をもつれさせるなよ」

皆《みな》が笑った。

教師も、だった。

それで聖樹は、すっかり頭に血が上《のぼ》ってしまい、怒《いか》りにまかせて鍵盤《けんばん》に突《つ》き刺《さ》すように指を下ろした。

猛然《もうぜん》と弾き始めたが、すぐに指がもつれた。

あせって直そうと思えば思うほど、どうしようもなくなっていく。

それでも何とか立てなおそうと懸命《けんめい》に努力したのだが、ついに最後には、演奏を放棄《ほうき》せざるを得《え》なくなった。

「練習不足《ぶそく》ね。総合評価に響《ひび》きますよ」

聖樹は椅子から下り、自分の席に戻って、そこで授業が終わるまでうつむいていた。

本当に、今日は最低の日だと思いながら食堂に向かう。

ミカエリス家の夕食は、当主《とうしゅ》以下全員が食堂に会《かい》して始まることになっていた。

直系や傍系《ぼうけい》の親族、泊まっている客人の中でも親しい人間などが同席する。

館内に部屋を与えられて住んでいる「銀の薔薇騎士団《ばらきしだん》」の幹部や貴女《ダアム》も、もちろん顔を出した。

　席次《せきじ》は決められており、当主に近い席ほど上席である。

　長いテーブルの、暖炉《だんろ》を背にした中央に当主、両隣《りょうどなり》に妻と貴女《ダアム》、妻の隣りに聖樹、貴女《ダアム》の隣りにラ・ルリジオンで、向い側には客や、彼らの連れている子供たちが家柄の高い順に座った。

　食事は、当主が「主の祈《いの》り」を唱《とな》えるところから始まる。

　妻は、病気になってから参加しないことが多く、その役目は貴女《ダアム》が果《は》たしていた。

　誰《だれ》もが、貴女《ダアム》を奥様扱《あつか》いしており、顔を見せない本当の妻に思いをはせる者はいない。

　ただ聖樹だけが、空席になっている母の椅子を見つめ、心を痛めていた。

「聖樹、今、スプーンが音を立てましたよ。気をつけなさい」

　ヨハンナの注意が飛んでこない日はない。

「はい、ヨハンナ様、気をつけます」

　聖樹がそう言うと、ラ・ルリジオンがチラリとこちらを見た。

　聖樹は、知らぬ振りをする。

　昼間、頬《ほお》を打たれた時に切った口の内側にスープがしみたが、痛そうにするのはくやしかったので、平気な顔をしていた。

　このお返しは、いつかしてやると心に誓《ちか》っている。

メインの皿が出され、それが終わると、当主はデザートの前に席を立ち、隣りに設《もう》けられたシガー・ルームに移動することになっていた。

そこでカフェやデザート・ワインを飲み、葉巻を吸《す》う。

男性の多くは、それに従《したが》うのだった。

残った貴女《ダアム》と、直系や傍系の妻たち、および客の女性と子供たちだけで、デザートを食べ、その後、小菓子《こがし》が出され、茶が配られて、夕食が終わりだった。

退出《たいしゅつ》は、目上の者からと決まっている。

貴女《ダアム》が席を立つ前に立ち上がると、叱《しか》られた。

その姿が食堂の外に消えるのを待って、聖樹は椅子から下り、自分の部屋に戻ろうとした。

ところがドアを出たとたんに、そこで待っていたラ・ルリジオンが目の前に立ちふさがったのだった。

金の巻き毛がこぼれ落ちる額《ひたい》の下に、あざやかな緑色、ピーコック・グリーンといってもいいような瞳《ひとみ》があり、じっとこちらをにらんでいる。

「おい、聖樹」

聖樹は、にらみ返した。

今ここで、昼間の借りを返してもいいと思いながら拳《こぶし》を握《にぎ》りしめる。

「オレたち、友だちになろうぜ」

いきなりのことで、唖然《あぜん》とした。

言葉を見つけられずにいると、ラ・ルリジオンは相変わらずこちらをにらんだままで言った。

「おまえのことは好きじゃなかったが、今日のピアノを聞いていて好きになった。あんなふうにピアノを弾けるヤツと友だちになりたい」

聖樹は、冷や汗を浮かべる。

指のもつれが気に入ったのだとすれば、相当ヘンなヤツだと思わないわけにはいかなかった。

「今までも、時々そう思ってたけど、今日のは特にすごかった。まるでバイオリンのような弾き方だった」

そうだろうか。

思い返してみても、ただ夢中だったことしか覚えていない。

「オレは、あんなふうに気持ちをこめて弾けない。あんなふうに弾けるおまえを尊敬《そんけい》する」

その素直さに、驚いた。

自分だったら、それまで嫌《きら》いだった相手の美点《びてん》が見えても、見ない振りをするかもしれない。

くやしいから。

それなのに即座《そくざ》に受け入れて、自分の心を修正できるのは、ラ・ルリジオンの魂《たましい》がしっかりしているからだった。

そしてそれは、美しいことでもあった。

聖樹は、昼間ラ・ルリジオンが、喧嘩《けんか》の事情を正直に話したことを思い出す。

そしてその時、自分が、彼を若干《じゃっかん》、見なおしたことも。

「オレは、ただ音符《おんぷ》を正確に弾いてしまうんだ。先生には気に入られるけど、つまんねぇ曲になるよ。おまえの方が、ずっといい」

そう言いながらラ・ルリジオンは、右手を出した。

「握手《あくしゅ》しようぜ。『銀の薔薇騎士団』の特別なやり方を教えてやる」

聖樹は、おずおずと右手を出し、差し出された手をつかんだ。

瞬間《しゅんかん》、ラ・ルリジオンは親指の位置を変え、聖樹の手を逆手《さかて》につかみなおしながら体を引き寄せ、胸の中に抱きしめて、唇《くちびる》にキスした。

聖樹は目を見開きながら、ただされるままだった。

「本物のとは、ちょっと違うかもしれないけど」

唇を離してラ・ルリジオンは、自慢《じまん》げに微笑《ほほえ》む。

「まぁ、こんなもんだ。親しい騎士同士は、こうするんだ。だからオレたちは、もう親しいんだぜ。あ、おまえっ、唇をふくなっ！」

こづかれて聖樹は、眉根《まゆね》を寄せた。

「なじめない・・・」

ラ・ルリジオンはくすっと笑い、聖樹の肩を抱き寄せた。

「そのうちなれるさ。オレが次期《じき》当主になったら、おまえのことは特別扱いしてやるよ」

聖樹は、目をむく。

「次期当主になるのは、僕だ」

ラ・ルリジオンは、驚いたようにこちらを見た。

「マジで、その気か」

「そうだよ」

まじまじと見つめ合って、互いにため息をつく。

「やっぱりオレたち、仲良くできないかもな」

聖樹《せいじゅ》、六歳《さい》

「諸君《しょくん》、我《わ》がミカエリス本家、そして『銀の薔薇騎士団《ばらきしだん》』本部にようこそ」

講堂《こうどう》の壇上《だんじょう》でそう言った当主《とうしゅ》であり総帥《そうすい》は、天井《てんじょう》から振《ふ》り注《そそ》ぐライトをあびていた。威厳《いげん》にあふれ、かつ美しい。

「すでに君たちは、教育棟《とう》で学び、宿舎《しゅくしゃ》で眠っていることと思う」

生徒たちと肩《かた》を並べて座《すわ》りながら、聖樹《せいじゅ》は微笑《ほほえ》む。

こうして皆《みな》の前に立つ父を見ることは、この上ない喜びだった。

普段は、ほとんど会う機会《きかい》がないだけに、うれしい。

毅然《きぜん》としたその姿は、聖樹の誇《ほこ》りでもあった。

自分も、あのような当主、そしてあのような男になりたいと思う。

「昨日、ここに着いたばかりの者も、ここに来てすでに三年以上を過《す》ごしている者もいるはずだ」

講堂は、半円型のすり鉢状《ばちじょう》になっていた。

底に向かって傾《かたむ》いている斜面《しやめん》に椅子《いす》席が並び、生徒たちが座っている。

底には演壇《えんだん》があり、ミカエリス家の当主・総帥が立っていた。

その左右には、三メートルほどの旗標《きひよう》が置かれている。

王冠《おうかん》をいただく双頭《そうとう》の鷲《わし》と、ミカエリス家のMをかたどり紋章《もんしよう》を入れたプレートを先端《せんたん》に飾ったその二本の旗標には、ミカリス家の旗と、「銀の薔薇騎士団」の軍旗《ぐんき》が掲《かか》げられていた。

後方《こうほう》には、高位《こうい》騎士たちがずらっと並ぶ。

誰《だれ》もが大礼装《だいれいそう》、あるいは第一級の正式軍装《ぐんそう》だった。

服の色は、階位《かいい》によってさまざまである。

「教育棟の門は、本日、閉ざされた。もう仲間が増えることはない。ここにいる者たちだけで、次期《じき》当主が選抜《せんばつ》されるまでの期間をともに過ごすこととなるだろう」

当主は、「銀の薔薇騎士団」総帥《マグヌス・マジスター》として、第一級の正式軍装を身につけている。

精悍《せいかん》な体の線がはっきりとわかる漆黒《しつこく》の軍服。

胸元には、一面に金の鷲が刺繍《ししゆう》され、つめ襟《えり》や袖口《そでぐち》にはミカエリス家のMが縫《ぬ》い取られていた。

腰《こし》には、金の装飾《そうしよく》のついたサーベル、軍服の下は、脚《あし》にぴったりとした白い鹿革《しかがわ》のズボン、靴《くつ》は艶《つや》のある黒エナメルの軍靴《ぐんか》である。

両手を置いた演台《えんだい》には、先ほどまで持っていた象牙《ぞうげ》の握《にぎ》り手のついた黒檀《こくたん》の指揮棒《しきぼう》が置かれていた。

「栄《は》えある我が一族の当主となるべく教練《きょうれん》を受ける諸君の、大いなる努力を期待する」

講堂に参集《さんしゅう》している生徒たちは、ドイツ各地から選抜されて集まってきたミカエリス家の血を引く少年たち、および一般《いっぱん》から選ばれた少年たちである。

下は五歳から、上は十二歳まで、計百五十名。

「私の次に当主となる者は、君たちの中の誰かだ」

講堂内に、息を呑《の》む気配が満ちた。

聖樹は、自分の周りを見まわす。

誰の目にも希望が輝《かがや》き、闘志《とうし》があふれていた。

聖樹自身も、例外ではない。

この百五十人の中から抜《ぬ》きん出て、必ず当主・総帥の地位をつかむと心に決めていた。

「選ばれた者は、当主の印の銀剣《ぎんけん》を身につけ、『銀の薔薇騎士団』の総帥となって、LEONHARD《レオンハルト》・ROSENHEIM《ローゼンハイム》の名前を名乗ることを許される。レオンハルトというのは、かつてこのドイツで使われていた古語《こご》で、大胆不屈《だいたんふくつ》のライオンという意味だ」

隣《とな》りにいたラ・ルリジオンと、ふと目が合う。

金髪《きんぱつ》に彩《いろど》られたあざやかなピーコック・グリーンのその瞳《ひとみ》に、自信に満ちた微笑みが浮《う》かんでいた。

「次期当主の地位と総師位は、オレのものだ」

そう言ってラ・ルリジオンは、片目をつぶる。

「その時は、おまえも側近《そっきん》くらいにはしてやるよ」

聖樹は、ちょっと笑った。

「そうはいかない。僕がもらう。君を側近にしてやる」

ラ・ルリジオンは、手を伸ばして聖樹の頭をこづいた。

「おまえ、かわいくねー。おとなしく引っこんでろよ、年下じゃないか」

会場を監視《かんし》していた騎士の一人が、すっと寄ってきて、ラ・ルリジオンの肩をつかむ。

「おしゃべりなラ・ルリジオン、黙《だま》りなさい。まっすぐ前を向いて」

ラ・ルリジオンは、ちょっと肩をすくめ、聖樹に向かって舌《した》を出した。

当主であり総師が、声に力を入れる。

「諸君、奮迅《ふんじん》努力《どりょく》せよ。決して立ち止まるな。君たちの未来をはばむものはない」

そう言って言葉を切り、わずかに微笑んだ。

「では『銀の薔薇騎士団』の象徴《しょうちょう》である貴女《ダアム》を紹介する」

当主であり総師が演壇の脇《わき》にある扉に目を向けると、それを受けた二人の騎士が左右から扉を両開きにした。

礼装を身につけたヨハンナが姿を見せる。

結い上げた髪に銀の薔薇を飾《かざ》り、フルレングスの銀のドレスに、銀の手袋、銀のハイヒールである。

ラ・ルリジオンがため息をつくように言った。

「すげぇ、きれいだ」

聖樹も、うなずく。

確かに今日のヨハンナは、異論《いろん》をはさむ余地《よち》がないほど美しかった。

「認めるよ。でも僕は、母様《かあさま》の方がずっときれいだと思うけどね」

ラ・ルリジオンは、バカにしたような笑みを浮かべる。

「はん、マザコン」

ラ・ルリジオンがあでやかな瞳をうっとりとうるませ、またたきもせずにヨハンナを見つめているのは、彼女に恋しているからだった。

ラ・ルリジオンにとってヨハンナは、愛情あふれる母であり、信頼《しんらい》できる教師であり、人生の先輩《せんぱい》であり、崇拝《すうはい》する女性であり、つまりすべてなのだ。

聖樹は、小さなため息をもらす。

自分にもいつか、この人こそすべてだと思えるような女性が現れるのだろうか。

そして恋に落ち、その女性のために自分を捧《ささ》げたいと思うようになるのだろうか。

そう考えると、待ち遠しいような、恐《おそ》ろしいような、胸が痛むような、心の底からエネルギーがわき出してくるような、不思議で複雑《ふくざつ》な気分が胸に満ちた。

「諸君、起立《きりつ》。貴女《ダアム》に拍手《はくしゅ》を」

生徒たちがいっせいに立ち上がり、会場は拍手に包まれた。

当主であり総帥はヨハンナに歩み寄ってエスコートし、演壇まで連れてきて再びマイクを取り上げる。

「当主候補生《こうほせい》である諸君に、これから貴女《ダアム》が祝福《しゅくふく》のキスを送る。こちらに来て、一人ずつ壇上に上《のぼ》り、貴女《ダアム》の前に立ちなさい」

生徒たちは演壇に向かう階段に移動し始め、そこに列を作る。

「先に行けよ」

ラ・ルリジオンに言われて、聖樹は彼の前に立った。

講堂には、階段が四列ある。

それぞれの階段に並んでいる生徒たちを、演壇前にいるいく人かの騎士が整理し、一人ずつ壇上に上げた。

ヨハンナは、上がってきた生徒の前にかがみこみ、その両頬《りょうほお》を押さえて、唇《くちびる》にキスをしている。

少しずつ順番が進んで、やがて聖樹の番が来た。

ヨハンナは、キスをした生徒を見送ってからこちらに向きなおる。

聖樹を見つけると、目の中に鋭《するど》い光をきらめかせた。

聖樹は、思わず足を止める。

生徒たちを整理していた騎士が、声を上げた。

「そこ、立ち止まらないで」

聖樹は、あわててヨハンナの前まで進み出る。

その瞬間《しゅんかん》、ヨハンナは手を伸ばして聖樹の肩をつかみ、そのまま自分の後ろへと追いやった。

「次の人、いらっしゃい」

聖樹は、息を呑む。

信じられなくて後ろを振り返り、ヨハンナを見た。

ヨハンナのそばについていた騎士が、それに気づく。

「貴女《ダアム》、この生徒をお抜かしになったようですが」

ヨハンナは即座《そくざ》に、きつい視線でその騎士を射止《いと》めた。

「その子に祝福はいらないのです」

言うなり列の方に向きなおり、再び祝福を始める。

立ちすくんでいる聖樹のそばに、祝福を終えた生徒たちがたまり始め、別の騎士が飛んできた。

「聖樹、君のせいで混乱《こんらん》が起きているぞ。さっさと演壇から下りなさい」

聖樹は返事をし、演壇から下りて自分の席に向かった。

体中が冷たくなっていくような気がした。

ヨハンナに嫌《きら》われていることは知っていた。

だが、これほどとは思っていなかった。

ヨハンナは、聖樹を祝福しないことで、その存在を否定《ひてい》したのだ。

「おい」

席に座っていると、ラ・ルリジオンが戻ってきて声をかけた。

「どした？」

聖樹は唇を引き結び、首を横に振る。

「何でもない」

それなら、それでいいと思った。

こっちも、その気でいるまでだ。

貴女《ダアム》の祝福をもらえなかったことは、これから始まる教練の不吉《ふきつ》な兆候《ちょうこう》のように感じられたが、かまうもんかと自分を励《はげ》ます。

どんな運命が襲《おそ》ってきても、自分の力だけで切り抜けてやる。

聖樹《せいじゅ》、十二歳《さい》

ミカエリス本家および「銀の薔薇騎士団《ばらきしだん》」本部の敷地《しきち》は広く、三万八千ヘクタールにおよぶ森の中に、いく棟《とう》もの建物とテニスコート、プール、講堂《こうどう》、礼拝堂《れいはいどう》、ヘリポート、飛行場、運《うん》河《が》などが点在《てんざい》していた。

その建物の中に、教育棟と宿舎《しゆくしや》、体育館、および付属《ふぞく》の庭がある。

次期当主選抜教練《じきとうしゆせんばつきようれん》を受ける生徒たちは、ここに集められ、寝食《しんしよく》をともにしていた。

神学、科学、哲学《てつがく》、語学、天文学、経済《けいざい》学などの学問、精神の修練《しゆうれん》、身体《しんたい》の練成《れんせい》、および軍事《ぐんじ》教練も含《ふく》めた教程の多くは午後三時までに終わり、生徒たちはそれぞれに出された課題《かだい》を翌日《よくじつ》までに仕上げることになっていた。

その前のひと時、皆《みな》が芝生《しばふ》の庭に出て、座《すわ》ったり寝転《ねころ》んだりして手足を伸ばし、ボヤき合うのだった。

「今日、何やった？」

「語学。イタリア語とフランス語だ。ボンジョルノとボンジューが頭でごっちゃになってる」

「オレ、薬学だった。毒草《どくそう》から毒を取る方法と、解毒《げどく》の仕方」

「ボクは社交術《しやこうじゆつ》だ。女を引っかける方法」

「ウソつけっ！　女性の心をつかむ方法だろ」

聖樹《せいじゆ》は仲間から離れ、一人で庭の東の隅《すみ》にある図書館の方に向かう。

図書館の建物の脇《わき》を通り、その裏に出ると、そこが一番、本棟に近い場所だった。

母の部屋の窓が、わずかに見える。

芝生に座りこみ、母の窓辺をながめながら、こっそり祈《いの》った。

「僕は次期当主になる。必ずなって、母様《かあさま》を日本に連れていく。待っていて」

ふっと誰《だれ》かが近寄《ちかよ》ってきて、その影《かげ》が顔の上に落ちる。

振《ふ》り仰《あお》ぐと、ラ・ルリジオンだった。

そばにある木の幹《みき》に寄りかかり、こちらを見下ろしている。

「おまえ、よく、ここにいるよな。何してんの」

聖樹は、母の部屋の方に目を向けた。

「母様の部屋を見てる」

ラ・ルリジオンは、鼻で笑う。

「おふくろの部屋より、ヨハンナ様の部屋の方が見る価値《かち》があるぜ」

聖樹はムッとし、ラ・ルリジオンをにらみ上げた。

「君は、自分の母親を冒涜《ぼうとく》してるよ。どうしてそうなの。母様が前に言ってたよ、まともに話をしたこともないって。それ、おかしくない？」

ラ・ルリジオンは、驚いたように目を丸くした。

「そうか？　特別、意識したことないけどな。オレの部屋ってヨハンナ様の隣《となり》だし、たいていのことはヨハンナ様に話したり、やってもらったりするから、とりたてておふくろに頼《たの》むこともないし」

その淡白《たんぱく》さに、聖樹は胸を突《つ》かれる。

『持っている者は、ほしがらない』というドイツの古い格言《かくげん》を思い出した。

実の子供というものは、そうなのかもしれない。

母親から愛情を注《そそ》がれることは当たり前で、取りたてて意識もしないし、求めもしないのだ。またそうしなくても、それを失《うしな》うことはないのだった。

聖樹は、そうではない。

いつも母を求め、その愛を確認していないと、不安でたまらない。

そうしないと、他人の関係にまで戻っていってしまいそうに思えるからだった。

「第一おふくろって、すごく奥の方に住んでるじゃん。行くのが面倒《めんどう》くさくってさ。たまには行ってみようかと思うけど、そんな時に限《かぎ》って、ヨハンナ様に呼ばれたりするから」

聖樹の胸で、うらやましさが妬《ねた》ましさに変わる。

「母様がかわいそうだ。君がいつまでもそんな態度《たいど》なら、母様は僕がもらうよ」

言いすぎだろうか。

そう思いながら、ラ・ルリジオンの答を待った。

「よし、やる」

聖樹は、びっくりしてラ・ルリジオンを振り仰ぐ。

「おまえにやるよ」

ラ・ルリジオンは、何の屈託《くつたく》もなさそうな顔で、ちょっと眉《まゆ》を上げた。

「オレには、ヨハンナ様がいるから、それで充分《じゅうぶん》だ」

そう言いながら頬《ほお》をゆがめ、崩《くず》れ落ちるように腰《こし》を下ろす。

半《なか》ば聖樹の体の上で、倒《たお》れてきたといってもいいくらいだった。

びっくりして見れば、片手で胸を押さえている。

立ち上がりたくても、できない様子だった。

「どうしたの」

聖樹は、ラ・ルリジオンの体に手をかけ、胸に抱きかかえて顔をのぞきこむ。

あざやかなピーッコック・グリーンのその目に、涙があった。

聖樹はあわてふためく。

ラ・ルリジオンの涙を見るのは、初めてだった。

「泣きそうじゃないか、君。何があったの」

ラ・ルリジオンはくやしそうに手を上げ、拳《こぶし》で鼻をこすった。

「教練で、虎《とら》とバトルをやった。雄《おす》のベンガル虎だ。二歳の」

聖樹は、言葉を呑《の》む。

二歳のベンガル虎といえば、もう成獣《せいじゅう》だった。

体長も二メートルを超《こ》え、体重も百五十キロ以上あるだろう。

「武器なしで？」

ようやくのことで聞くと、ラ・ルリジオンは怒《おこ》ったようにまくし立てた。

「向こうにならら、武器があったぜ。すげえ牙《きば》と爪《つめ》だ。こっちは、てんで丸腰。おまえ、オレが武器持っててみろよ。一発でしとめてるよ。武器がなかったから、こんななんだ」

そう言いながら、いまいましそうに胸のボタンをはずす。

胸には、白い包帯《ほうたい》が厚く巻かれていた。

それでも血がにじみ出てきている。

「金網《かなあみ》デスマッチだ。長老派《ゲローン》の連中がやってきて、ぐるっと檻《おり》を取りまいて見てたよ。評価《ひょうか》するためだ。それでちょっと気を取られてたら、胸を思いっきりやられたんだ。すげぇ痛《いて》ぇよ」

聖樹は、ため息をつく。

「来年になったら、僕もやることになるのかな」

ラ・ルリジオンは、荒々《あらあら》しく指を四本立てた。

「その一、勇気を試す。その二、勇気に見合う実力があるかどうかを試す。その三、忍耐力《にんたいりょく》を試す。その四、候補者《こうほしゃ》を振るい落とす。この四つのために、虎試合が教練メニュウに組みこまれてるんだ。自分の力を証明《しょうめい》したかったら、やるしかねぇよ。今日、オレがやったのは、リーザってヤツが先週やったって聞いたからだ」

リーザというのは、よく話題に上《のぼ》る名前だった。

皆が注目するような生徒なのだ。

まだ会ったことのないその顔を想像しながら聖樹は考える。

当主に選ばれるのは、一人きりなのだと。

すでに二人がやっているなら、自分もやるしかない。

「僕もやる。自分に力があるってことを証明しないと、次期当主になれないし」

ラ・ルリジオンは手を伸ばし、聖樹の頭をこづいた。

「次期当主になるのは、オレだ。おまえ、いいかげんであきらめろよ」

とっさに聖樹は、その手をつかみ上げる。

「やだよ。君こそ、あきらめろよ」

その時、風にのって、どこからか声が聞こえてきた。

「聖樹は、奥様のお気に入りだ。実の息子《むすこ》のラ・ルリジオンよりかわいがられてる」

聖樹もラ・ルリジオンも思わず手を止め、聞き耳を立てた。

「なんで？」

声は、すぐそばにある図書館の二階の窓から流れ出してくる。

すでに声変わりをしており、十代後半の上級生のようだった。

「死んだ次男《じなん》の代わりってこともあるんだろうけど、オレは、貴女《ダアム》と奥様の確執《かくしつ》だってにらんでるんだ」

「貴女《ダアム》って、ヨハンナ様のことだろ」

「ん。ミカエリス家では、当主に就任《しゅうにん》すると、同時に『銀の薔薇騎士団《ばらきしだん》』の総帥《そうすい》になるだろ。そして自分だけの貴女《ダアム》を指名する。今の当主が貴女《ダアム》に指名したヨハンナ様は、かつて当主の恋人だった女なんだ」

聖樹とラ・ルリジオンは、顔を見合わせた。

今まで聞いたこともない話だった。

「二人は遠縁《とおえん》で、幼馴染《おさななじみ》で、つき合いが長い。いずれ結婚すると思われていたらしい。ところが、当主が今の奥様に一目惚《ひとめぼ》れしちまったんだ。それで捨《す》てられる形になったヨハンナ様は、貴女《ダアム》にしてくれるなら別れてもいいって言ったらしいよ。ミカエリス家はスキャンダルを嫌《きら》うから、しかたなく彼女を貴女《ダアム》にしたんだ」

「え・・・、その時のヨハンナ様って、どういう心境《しんきょう》だったんだろ。未練《みれん》？」

「いや、復讐《ふくしゅう》だろ。ミカエリス家の当主のパートナーは奥様だけれど、『銀の薔薇騎士団』の総帥のパートナーは、貴女《ダアム》だからな。奥様も貴女《ダアム》も同じような立場だと、ヨハンナ様は考えたんだと思うよ。事実、貴女《ダアム》になったヨハンナ様は、当主の棟に部屋をもらって、その後生まれたラ・ルリジオンを奥様から取り上げて自分の隣りの部屋に住まわせて、一から十まで世話を焼いて、手なずけちまったんだ。ヨハンナ様にとって奥様は、自分から恋人を奪った女だからな。その女から、大事な長男を奪い取るって構図《こうず》だよ」

「げっ、女って恐《こえ》ぇ」

ラ・ルリジオンの顔色は、もう土色《つちいろ》になっていた。

その時ラ・ルリジオンは、自分が利用され、それにまったく気づかずに今までヨハンナを慕《した》ってきたことを、初めて思い知らされたのだった。

「奥様は子供を取られてつらい思いをしていて、その上、次男を失《うしな》って、落ちこんでたって話。病気でもあったしね。そこに聖樹が現れたんだ。そりゃ夢中《むちゅう》ですがりつくだろ」

「そっか。でも確かに、聖樹って超きれいだよ。かわいがるのもわかる。あいつが姿を現すだけで、おーっ！　って感じで周りの雰囲気《ふんいき》が変わるもん」

「聖樹も奥様べったりで、ヨハンナ様には全然なつかなかったらしい。それでヨハンナ様は、聖樹を目の敵《かたき》にしたんだ」

「ああ有名だもんな、聖樹にだけ祝福《しゅくふく》を与《あた》えなかったって話」

ラ・ルリジオンが、こちらを見た。

突《つ》き刺《さ》すような目だった。

あの時、なぜ言わなかったと責《せ》めている。

聖樹は、顔をそむけた。

ラ・ルリジオンがヨハンナに恋していることは知っている。

傷《きず》つけたくなかった。

「憎《にく》い相手がかわいがってる人間だったら、そりゃ憎さ百倍だろう。そいつを痛めつければ、相手にダメージを与えられるってこともあるし」

聖樹は、奥歯をかみしめる。

そういうことだったのか。

今までのヨハンナの言動《げんどう》の根源《こんげん》が、すべてわかったような気がした。

同時に、母の立場も理解《りかい》できた。

母は、かつての恋人であったヨハンナに遠慮《えんりょ》し、耐《た》えていたのだった。

たぶん、事態《じたい》をこれ以上悪くしないために。

「それじゃ、いくらこの訓練の成績がよくても、聖樹は次期当主になれないな。次期当主選抜の会議には、貴女《ダアム》も参加するんだ。嫌われてるとなると、相当不利《ふり》だよ。貴女《ダアム》は自分の周りに、思うように動かせる騎士を集めているしさ」

た。

「何言ってんだ。強力なライバルが減《へ》って、よかったと思えよ」

笑い声が響《ひび》き、それがしだいに遠くなっていって、後には聖樹とラ・ルリジオンだけが残った。

互いに言葉もなく、黙《だま》りこむ。

それぞれの理由で、それぞれに傷ついていた。

沈黙《ちんもく》の底を、時間が流れる。

聖樹は、唇《くちびる》を引き結び、目をすえて、自分の前に広がる空間を見ていた。

そこに大きな壁が立ちはだかっているような気がする。

自分は、当主になることができないのだろうか。

いくら頑張《がんば》っても、どれほど努力《どりょく》しても、ダメなのか。

「ちっとばかし、こたえたよな」

ラ・ルリジオンがそう言い、腕《うで》を伸ばして聖樹の首にまわした。

引き寄せて、包帯を巻いた胸の中に抱《かか》えこむ。

「なぁ聖樹、信じようぜ、夢は望めば叶《かな》うって」

驚いて目を上げると、ラ・ルリジオンのあでやかな緑の瞳がこちらを見つめていた。

「オレたち、そう信じていよう。ほしいものをつかむ時まで進み続けるんだ。何があっても、決して立ち止まらない」

そう言いながら顔を上げ、空を見る。

「そうだろ、な、聖樹、オレたちは頑張るよな。絶望《ぜつぼう》なんかしない。傷ついたままで引っこんでたまるか。そうだろ。レオンハルト・ローゼンハイムの名前にふさわしいのは、不屈《ふくつ》の男だけだ」

自分自身を慰《なぐさ》めているかのようなその言葉が、胸にしみた。

心を癒《い》やし、力を呼び起こす。

聖樹はうなずいた。

何度も強くうなずきながら、ラ・ルリジオンの胸の鼓動《こどう》を聞く。

「オレさぁ」

ラ・ルリジオンは、ため息をついた。

「おふくろに、謝らなけりゃ。きっと長い間、傷つけてたんだよな。そんなつもりじゃなかったんだけど・・・でも今さらじゃ、かなり気まずいからさ、聖樹、おまえ、仲介《ちゅうかい》してくれよ。いいだろ」

それは、母にとっても、いいことに違いなかった。

「いいよ」

そう言いながら聖樹は、喜んでいない自分を感じる。

ラ・ルリジオンが、母と自分の間に入りこんでくるような気がした。

大切な母を失うかもしれない。

そんな予感に、背筋《せすじ》が震《ふる》えた。

だからといって、断《ことわ》ることはできない。

そんなことをしたら、自分は卑劣《ひれつ》で、くだらない人間になってしまうだろう。

「この教練が終わったら、二人が自然に話せるような機会を作るよ」

揺《ゆ》れる心を抑《おさ》え、自分が言うべきことを口にする。

「それから母様の心に近づく近道も、教えてあげる。母様は、日本が好きなんだ。日本の話をすれば、自然と心が溶《と》け合うはずだよ」

ラ・ルリジオンは、聖樹の首にまわした手に力を入れた。

「感謝する」

聖樹はその腕をくぐり、ラ・ルリジオンの胸から身を起こす。

ラ・ルリジオンを見つめ、心の中ではまだ迷《まよ》いつつ、止《や》むに止まれず釘《くぎ》を刺した。

「でも忘れるな。さっき君は、母様をくれると言ったんだ。母様は、僕のものだよ。いいね」

ラ・ルリジオンは何の問題もないといったようにうなずいた。

「もちろん、わかってる。オレは、和解《わかい》だけできればいいんだ」

聖樹は、大きな息をつく。

よかったと思った。

母様を日本に連れていくのは、僕だ。

それは母と交《か》わした約束であり、同時に、聖樹と母を結ぶただ一つの大切なつながりでもあった。

それがある限り、血のつながりに負けないと信じたい。

いくらラ・ルリジオンと和解しても、母様の心は、僕だけのものだ。

聖樹《せいじゅ》、十三歳《さい》

荒々《あらあら》しく図書館のドアが開き、足音が踏《ふ》みこんでくる。

その場にいた皆《みな》が気を取られ、振《ふ》り返った。

窓辺の席にいる聖樹《せいじゅ》だけが、身動きしない。

自分の目の前に広げた「銀の薔薇騎士団《ばらきしだん》」憲章《けんしょう》に視線《しせん》を注《そそ》いだままだった。

総ページ数五千を超《こ》えるそれを暗記《あんき》している。

ページをめくるたびにつくづくと、古すぎると感じながら。

すべての条項《じょうこう》が、騎士団創設《そうせつ》当時のまま、まったく変更されていなかった。

「おい」

背後《はいご》から肩《かた》に手がかかる。

「情報だ」

そう言いながらラ・ルリジオンが、近くにあった椅子《いす》を引き寄せ、勢《いきお》いよく腰《こし》を下ろした。

「オレたちの中で、今、ダントツで成績がいいのは、誰《だれ》だと思う？」

聖樹は、憲章の条項をつぶやきながら顔を上げ、首を横に振る。

くせのない黒髪が乱《みだ》れて、一筋《ひとすじ》、頰《ほお》にまつわった。

ラ・ルリジオンが指を伸ばしてそれを払《はら》う。

「リーザだ。ほら、あのデカいヤツ」

聖樹は、うなずいた。

ラ・ルリジオンが虎《とら》試合をしてから間もなく、その生徒を見かける機会《きかい》があった。

大柄《おおがら》で、エネルギッシュで、確かに目立つ生徒だった。

「出身は、北だ」

ドイツは、中世期、多くの国に分かれていた。

その中で、特出《とくしゆつ》した軍事力《ぐんじりよく》を持ち、それによってヨーロッパを席捲《せつけん》したのが、北部のプロイセンだった。

国費の八十パーセントを軍事費に使うという極端《きよくたん》なやり方で、大国にのし上がった。

その国内において、男子は、徹底《てってい》した軍人教育を受けたのだった。

今でも、北という言葉には、強いヤツという意味がこめられている。

「北のどこ？」

暗記をあきらめた聖樹が聞くと、ラ・ルリジオンはちょっと舌打《したう》ちした。

「オルデンブルク家だ」

オルデンブルクは、傍系《ぼうけい》の中ではミカエリス家にかなり近い家系だった。

「屈強《くっきょう》な体躯《たいく》を誇《ほこ》り、歴代ローマ教皇《きょうこう》の私的親衛隊《してきしんえいたい》として、ローマに出稼《でかせ》ぎに行っていた一族さ。教皇の親衛隊は、身長百九十以上でないと入れない。それをあの一族が独占《どくせん》してたんだ。今、あいつの身長は、百七十二、三だが、これからもっと伸びるだろう。強敵《きょうてき》だぞ。オレにとっても、おまえにとってもな」

聖樹は、ふっと憂鬱《ゆううつ》になる。

自分が、どんな親を持ち、どんな一族に属《ぞく》していたのか、わからない。

それは、自分の遺伝子《いでんし》的データがまったくないということだった。

これから、どんな体になっていくのか、どんな身体《しんたい》的能力《のうりょく》を持っているのか、まるでつかめない。

次期当主選抜《じきとうしゅせんばつ》教練を勝ち抜くためには、高い背と筋肉《きんにく》、それに長い手足が必要だった。

自分は、そうなれるのだろうか。

「牛乳、飲もうかな」

つぶやくと、ラ・ルリジオンが眉《まゆ》を上げた。

「は？」

聖樹は、あわてて視線を伏《ふ》せる。

「何でもない」

ラ・ルリジオンには、わからないだろう。

当主として、また「銀の薔薇騎士団」の総帥《そうすい》として選ばれた父親と、美しい母親の血を受けつぐ彼には、どこから生《しょう》じたのかわからない血を持つ人間の不安など、想像《そうぞう》もつかないに決まっていた。

「おまえねぇ」

ラ・ルリジオンは手を伸ばし、聖樹の胸元をつかんだ。

「その、何かを含《ふく》んでいるような態度はやめろ。男らしくないぜ。リーザはオレより二つも年上だし、すでに自分の周りにグループを作ってる。派閥《はばつ》を作るタイプなんだ。勢《いきお》いに乗らせると、手がつけられなくなるぞ。このあたりで、たたいておかなくちゃならない。そう思って情報を入れてきたんだ。そんな時に、牛乳飲むなんて言ってる場合か。次期当主の椅子《いす》は、一人がけなんだぞ。このままじゃリーザに取られる」

瞬間《しゅんかん》、静かな声が響《ひび》いた。

「ほう、オレをたたくって？」

全身がすくみ上がるような思いで振り返ると、そこにリーザが来ていた。

背後に、数人の生徒を従《したが》えている。

「おまえ、本家のラ・ルリジオンだな。噂《うわさ》は聞いてるよ。有力候補《ゆうりょくこうほ》の一人だよな」

ラ・ルリジオンは、リーザを見つめて立ち上がりながら、かすかに笑った。

「まぁ、そうかもな」

リーザも、不敵《ふてき》な笑いを浮かべる。

「いい度胸《どきょう》じゃないか。オレをたたけるかどうか、試させてやるぜ」

聖樹は思わず、憲章の上に置いた両手を握《にぎ》りしめた。

これは、きっとチャンスだ。

自分の力を試すチャンス。

「外に出ろよ」

そう言われたラ・ルリジオンが答えるより先に、聖樹は、拳《こぶし》を机にたたきつけて立ち上がった。

「僕が、やる」

リーザは、目をむいてこちらを見た。

「おまえは、オレの視界《しかい》にすら入ってなかったぜ、チビ」

背後に立っていた生徒たちが、嘲笑《あざわら》うような声を上げる。

ラ・ルリジオンがあわてて手を伸ばし、聖樹の二の腕をつかんで引き寄せた。

「おまえ、つぶされるぞ。引っこんでろ」

聖樹は、ラ・ルリジオンの手を振り払い、リーザに向きなおる。

「こいつが今のトップなら、こいつを倒《たお》せば、自分の自信になる」

どんな血を持つのかわからない自分の力は、目の前の一つ一つのものを勝ち取り、実績《じっせき》を積むことでしか証明《しょうめい》できないだろう。

自分の価値《かち》を証明したい。

自信を持ちたいと思った。

「やってみたいんだ。やらせてよ」

「ダメだ。危なすぎる」

ラ・ルリジオンはそう言ったが、リーザはうなずいた。

「どいてな、本家の坊《ぼっ》ちゃん。おいチビ、やろうぜ。武器はどうする。オレは、素手《すで》でもいいが」

リーザが笑い声をたてると、背後の生徒たちも笑った。

聖樹は考える。

やるからには、勝たなければ意味がない。

確実に、つぶすんだ。

身長も体重も、かなり差がある。

となったら、自分に一番有利《ゆうり》な武器はなんだろう。

しばし考えてから、答えた。

「細剣《エペ》の剣で」

聖《せい》樹《じゅ》、十四歳《さい》

「ああ今日は、完全へバった。きつぅ〜」

「オレも、もう死ぬ」

教程《きょうてい》が終了した午後三時、芝生《しばふ》は、教育棟《とう》から解《と》き放《はな》たれた生徒たちで満員となる。

「人間の限界《げんかい》に挑戦《ちょうせん》してる気分だよ、ラテン語の教科書丸ごとの暗記《あんき》だなんて、ありか」

「君は、ラテン語だったのか。オレ、今日は軍事教練《ぐんじきょうれん》だった。ダガー・ナイフの使い方。教官と対《つい》でやってたから、すげぇきつかった。もう体、動かねぇよ」

「オレなんて水泳だぜ、服着たまんま、背中に五十キロの重《おも》りつけて。何度、死ぬと思ったことか」

「ボク、対空《たいくう》訓練だった。セスナの操縦《そうじゅう》、昨日《きのう》の夕方から二十時間ぶっ通し。いつ落ちてもおかしくなかったよ」

「俺なんかさ、短時間睡眠《すいみん》訓練だぜ。一日三時間、もう一週間目だよ。体を順応《じゅんのう》させなけりゃいけないって言われているけど、死にそうに眠い」

「僕、経済論やった。銀薔薇《ばら》の経営する企業の全貌《ぜんぼう》を俯瞰《ふかん》して、それにあてはめるヤツ。すげえ難《むずか》しかった。もう二度とやりたくない」

「おまえらさぁ、嫌《いや》だったらやめて家に帰れよ。それは自由だ。誰《だれ》も止めない。ただ一生、言われるだけだ、あいつは次期当主選抜《じきとうしゅせんばつ》教練から逃げ帰ったヤツだってね」

「進むも地獄《じごく》、戻るも地獄って、このことだよね」

「でもオレ、次期当主になりたい。そして『銀の薔薇騎士団《きしだん》』の総帥《そうすい》になって、あの銀剣《ぎんけん》を身につけ、栄光あるレオンハルト・ローゼンハイムの名前をミドルネームにもらい受けて、死ぬまでその名で呼ばれたい。小さな時からの夢だ」

「それは、皆《みんな》の夢だよ」

「そうさ。オレたちは、選ばれるためにここにいるんだ」

「頑張《がんば》ろうぜ」

「だけど、いったいいつまで続くんだよ、この教練って」

「時期は、貴女《ダアム》が決めるらしいよ」

「ヨハンナ様か。あの人って感じ悪いよ。ボクは嫌《きら》いだ」

「おい、女の悪口を言うな。それは最低だぞ」

「今に、この中から三十人が選抜されるんだ。それが二十四人になって、十二人になって、最終的には三人になって、その三人は『菩提樹下《ぼだいじゅか》の三人』と呼ばれる。立ち入り禁止《きんし》の菩提樹の庭に入ることができるんだって。その三人の中から次期当主が選ばれるんだ」

「落ちたら、どうなるの」

「この教練の成績に応《おう》じて、騎士位がもらえるって話。次期総帥叙任式《じょにんしき》で、その麾下《きか》に入る新騎士団が結成される時、騎士に任命《にんめい》されるらしい」

「じゃ、何とかそこまでこぎつけるしかないよね」

「おい、見ろよ、あれ、聖樹だぜ。ほら、そのポプラ並木《なみき》のそば」

「ボロボロじゃないか。あいつにしちゃ、めずらしいな。どうしたんだ」

「さっき医務室《いむしつ》に担《かつ》ぎこまれるのを見たよ。その時は、失神《しっしん》してた。ふぅん、結構《けっこう》、回復力《かいふくりょく》あるんだな」

「あいつ、今日、虎《とら》試合だったんだよ。電光掲示板《けいじばん》のメニュウ表に出てたもん」

「虎試合って、檻《おり》の中で、オスのベンガル虎を組み伏《ふ》せるってやつ？」

「マジで、あれ、やったのかよっ!?」

「すげぇ。オレ、あれだけは絶対やりたくない。オスのベンガル虎なんか相手にしたら引《ひ》き裂《さ》かれる。次期当主になる前に死ぬじゃん」

「オレも、マジいやだ。よくやったよな、聖樹」

「教練メニュウに入ってても、断《ことわ》ることってできるんだろ」

「もちろん断れるよ。ただ断ると、マイナス評価《ひょうか》になる。チャレンジ精神《せいしん》マイナス、勇気マイナスだ」

「聖樹は、次期当主になりたいのさ。かなり必死《ひっし》なんだ。点を稼《かせ》ぐためなら、何だってやるよ、きっと」

「それにしても、向こう見ずさに脱帽《だつぼう》だよ。よくやった。しかもボロボロでも、とにかく歩いてるってとこがすごい」

「あいつ、おとなしく見えるけど、ほんとはかなりエネルギッシュなんだよ。しかも冷静《れいせい》だし。ちょっといないね、ああいうヤツって」

「今年になって、背もすっごく伸びたしね。ボク、追い越《こ》されたもん」

「おまえだけじゃない。三十人くらい抜《ぬ》かれたんだ。俺も抜かれた」

「着やせするからほっそり見えるけど、脱《ぬ》ぐと、結構いい体してるしね」

「髪、真っ黒だけど、染《そ》めてんの？　オレたち、たいてい金髪《きんぱつ》だろ」

「ラテン系の血が入ってるんじゃないのか。捨《す》て子だったたって話だぜ」

「それ、知ってる。クリスマス・イヴの日に、ミカエリス家の聖《せい》なるモミの木の下で拾《ひろ》われたから、聖樹なんだ。奥様の国の言葉で、清《きよ》らかな樹《き》って意味らしい」

「でも、こうして見てると、すげぇきれいな顔してるよな。スタイルもいいしさ。女が喜びそう」

「美術の教官も、喜んでるよ。聖樹を彫像《ちょうぞう》のモデルに使いたいって」

「この選抜は、外見も評価の対象になるらしいよ。知ってた？」

「げっ、マジかよ」

「顔とか、体の線、肌《はだ》のきれいさなんかも評価されるみたいだ。傷跡《きずあと》とかアザ、シミ、ホクロがあるとマイナスにされるって」

「どーしてだっ!?」

「『銀の薔薇騎士団』の規則が固まったのは中世初期からルネサンス期に至《いた》ってのことみたいだけど、その時代は、外見の美しさも個人の実力のうちっていう価値《かち》基準があったんだ。それをそのまま継承《けいしょう》してるらしい。外見も内面も、とにかくパーフェクトを求めるのが当時の価値観なんだって」

「だからオレたちは、教科も音楽もスポーツも社交も、すべてできなきゃならないんだ。その上、美しくなけりゃダメ」

「ムリだぁ！　サバイバルゲームまがいの教練やったあげくに外見の美なんて、どうやって保《たも》つんだよ。紫外線《しがいせん》バリバリじゃん」

「それでもなお美しくいられるヤツに、価値があるってことだろ」

「ああオレ、もう落ちた」

「それにしても、聖樹、どこ行くんだろ」

「お友だちのとこさ。聖樹とラ・ルリジオンと、リーザ。このところ、いつも三人でツルんでる」

「そりゃまた、個性的すぎるグループだね。いったい、どこで親しくなったんだ」

「ラ・ルリジオンと聖樹は、ミカエリス育ちだから昔からの知り合いだろ。で、リーザとは去年、私闘《しとう》をしてからだよ。フェンシングで、聖樹がリーザを倒《たお》した」

「え、知らなかった。リーザ、やられたのか」

「教官にバレるとマズいから内緒《ないしょ》にしてるんだけど、すごい名勝負だったって話だよ。聖樹は、動きが速くて、とっさの切り返しがすごい。体もしなやかで、どこからでも剣をくり出せる。リーザの方は体が大きいから、リーチが長いだろ。深い突《つ》きができる。決着がつかずに時間が延《の》びて、体重のあるリーザが足にガタがきて負けた。聖樹はたぶんそこまで計算してたんじゃないかって噂《うわさ》だよ」

「う～、見たかったな」

「三人が初めて一緒になったのは、去年の夏、アマゾンでテントなしの一週間耐久《たいきゅう》生活って訓練があった時だと思うな。今年の冬、ドーバー海峡《かいきょう》を泳いで渡るって対抗《たいこう》リレーの時も、確か一緒だった」

「一緒の機会が多いのは、どうして？」

「あの三人が選抜教練ラストの三人になる可能性《かのうせい》が高いとか、かな」

「あるね」

「じゃ、『菩提樹下の三人』は、彼らになるのか」

「まだわかんないよ。ガルシアとか、火狩《かがり》とか、他にも有望株《ゆうぼうかぶ》がいるだろ」

「だっけどさぁ、最後は三人で争《あらそ》い合うんなら、今、仲よくなんかしてると、この先、地獄《じごく》じゃね？　オレだったら、避《さ》けるけどね」

「まぁ精神の鍛錬《たんれん》も必要だから、それも試練のうちなんだろ」

「ねぇ、もし、その三人が最後に残るとしたら、そのうちの誰が次期当主になると思う？」

「リーザじゃね？」

「オレも、そう思う。あいつって学力、体力、精神力、全部が備《そな》わってるもん。腹もすわってるし、度量《どりょう》も大きいし、面倒見《めんどうみ》もいいしさ。欠点《けってん》は、ワイルドすぎるってことかな。清濁併《せいだくあわ》せ呑《の》むタイプだから、潔癖《けっぺき》なヤツには嫌われると思うけど。指導者としては、そのくらいの方がいいよ。もっともあいつは、二の腕に刺青《いれずみ》がある。オルデンブルク家の連中は皆、入れてるんだ。それがマイナス評価になるかもしれないけど」

「オレ、ラ・ルリジオンだと思う。本家の嫡男《ちゃくなん》だし、貴女《ダアム》に気に入られてるしさ。頭がよすぎるとこが気になるけど、精神力もあるし、勘《かん》もいい、運動センスもバツグンだしさ。いわゆるデキるってヤツだよ」

「二人のうち、どっちかってとこだね。聖樹には、まず勝ち目はないよ。かわいそうだけどね」

聖樹《せいじゅ》、十五歳《さい》

ミカエリス家教育棟付属《とうふぞく》の庭から、本棟へと向かう道の途中《とちゅう》に、囲われた庭がある。

その中央には、樹齢《じゅれい》千年といわれる菩提樹《ぼだいじゅ》が植えられており、茂《しげ》った枝を張《は》り広げていた。

その庭に踏《ふ》みこみ、菩提樹の下で憩《いこ》えるのは、選ばれた三人だけである。

「おい、『菩提樹下の三人』が発表になったぞ」

その日、教育棟は、大騒《おおさわ》ぎだった。

次期当主候補者《じきとうしゅこうほしゃ》はすでに三十人から二十四人にしぼられ、その後十二人にまでなっていたが、脱落《だつらく》した生徒たちも、全員が宿舎《しゅくしゃ》に残っている。

次期当主が決定し、「銀の薔薇騎士団《ばらきしだん》」の次期総帥《そうすい》に叙任《じょにん》される際、その麾下《きか》に入る新騎士団の騎士として認定《にんてい》されるためだった。

「誰《だれ》と誰だよ!?」

「待て、言うな、オレが予想する。リーザ、ラ・ルリジオン、そしてガルシア、あるいは火狩《かがり》じゃないか?」

「残念。最後の一人は、聖樹《せいじゅ》だ」

「ええっ！　よく残ったよな、あいつ」

「ん、すごいよね」

「聖樹は、頑張《がんば》ってたよ。それは誰もが知ってることだろ」

「マジで命がけだった。見ててよくわかったよ」

「そうだね。誰でも反射的《はんしやてき》にビビることってあるのに、聖樹は、全然ためらわなかったもの。どんな時も、すっといく。ここで死んでもいいって、いつも思ってるみたいだった。チャレンジして成功するか、失敗して死ぬか、どちらかだって、最初から腹を決めてるような感じだったよ」

「尊敬《そんけい》するって言ってるヤツも多いよ。かなり不利《ふり》な状況《じょうきょう》だったけど、やり抜《ぬ》いたんだから偉《えら》いな」

「でも、この先は、今まで以上に苛烈《かれつ》なバトルになるんだろうね」

「お互いを戦わせたりすることもあるみたいだよ」

「想像すると、寒気《さむけ》するな。オレ、脱落して幸せだったかも」

「あ、ほら、あそこ！　三人が行く」

「選ばれた三人だよな」

「いいなぁ・・・」

「くやしい気もするけど」

「認めようぜ。オレたちは負けたんだって。オレたちだってミカエリスの男だ。本当のことを認める力ぐらい、持ってなかったらマズいだろ」

「そうだね。エール、送ろうか。ボクたち、同じ夢を追ってきたんだから」

「よし、オレたちの未来の当主、次期総師候補者に、エールっ！」

爆発《ばくはつ》するような応援の声をあびて、三人は片腕《かたうで》を上げ、拳《こぶし》を握《にぎ》りしめて応《こた》える。

リーザが満足そうにつぶやいた。

「あれ、オレへの声援《せいえん》だぜ」

ラ・ルリジオンが鼻で笑う。

「バカ言え。オレのだ」

聖樹も口をはさんだ。

「いいや、僕へだ」

三人で教育棟の庭を横切り、その先にある菩提樹の庭に向かう。

菩提樹を囲む白いフェンスの扉の前まできて、ラ・ルリジオンが足を止めた。

「リーザ、鍵《かぎ》もらったんだろ」

リーザがズボンの後ろポケットに突《つ》っこんであった鍵を出し、ラ・ルリジオンに放り投げる。

ラ・ルリジオンは、あわててそれを空中でキャッチした。

「リーザ、これ、伝統ある鍵だぞ。もっとていねいに扱《あつか》えよ」

聖樹が、ラ・ルリジオンの横から手を出し、それを奪《うば》いとる。

長さが二十センチほどある金の鍵で、キーホルダーの代わりに房飾《ふさかざ》りがついていた。

本体は、頭に王冠《おうかん》がつき、その下にミカエリス家のMを浮《う》き彫《ぼ》りにしたプレートと十字を刻《きざ》んだ小プレートがついていた。

「結構《けっこう》、古いな」

聖樹の手からラ・ルリジオンが鍵を奪い返し、フェンスの扉についている錠《じょう》に差しこむ。まわすと、かすかな音がして、錠がはずれ、扉が開いた。

「選ばれた戦士諸君《しょくん》」

ラ・ルリジオンが気取った口調で言いながら扉を開ける。

「菩提樹下の庭に、ようこそ」

リーザがすばやく中に駆《か》けこみ、その根元にすべりこんだ。

「お、いい感じ」

寝転《ねころ》びながら菩提樹を仰《あお》ぎ見る。

「空気が、すっごく新鮮《しんせん》だ。来いよ」

聖樹とラ・ルリジオンは、先を争って、その根元に突進《とっしん》した。

ぶつかりそうになりながら、並んで寝転がる。

振り仰げば、視界は一面の緑。

ざわざわと風に揺《ゆ》れる枝々のそよぎ以外、何も聞こえなかった。

聖樹は、両腕を頭の下に入れ、その空気をゆっくりと呼吸《こきゅう》する。

厳しかった今日までのことが、次々と思い出された。

ここまでたどり着けてよかった。

そう考えながら、さらに先まで行く覚悟《かくご》を固める。

自分の夢を叶《かな》えるために、突《つ》き進む！

「『菩提樹下の三人』に選ばれたら」

リーザが言った。

「もう髪を切っちゃいけないんだよな。それで次期当主に選出されたら、自分のことは、『私』って言わなきゃならないんだ」

一瞬、皆《みな》で黙《だま》りこむ。

それらは、思い通りに振るまってきた少年時代に別《わか》れを告《つ》げる儀式《ぎしき》のように感じられた。

いく分かの寂《さび》しさをかみしめながら聖樹は、その後に待っている輝《かがや》かしい人生に思いをはせる。

それを望んだのだ。

必ず手に入れてみせる！

ラ・ルリジオンが肩《かた》をすくめた。

「今の当主が亡《な》くなったら、即座《そくざ》に後を継《つ》がなくちゃならないから、その時のための準備だろ。長い髪には、霊力《れいりょく》が宿ると言われている。『銀の薔薇騎士団』の総帥としては、それが必要なんだ」

リーザは短髪《たんぱつ》の中に手を突っこみ、くちゃっとかきまわす。

「オレ、髪を伸ばしたことなんかないからな。女みたいで、どうもな。だけど当主の証《あかし》の銀剣《ぎんけん》は、すごくカッコいいと思う」

ラ・ルリジオンがうなずいた。

「ミカエリスの男なら、誰だってそう思ってるさ。聖樹も、だろ？」

聖樹は微笑《ほほえ》む。

「あれを、身につけたいよ。次期総帥になった時からもらえるレオンハルト・ローゼンハイムって名前にもあこがれるし」

皆が、賛同《さんどう》の大きなため息をついた。

「あのさぁ」

リーザがつぶやく。

「オレたち、こんな、のどかにしてていいのか？　この先は、個人戦だぜ。次期当主の座は一人がけだ。お互いに、つぶし合うことになるんだろ」

ラ・ルリジオンが、空を見ていた目をリーザに向けた。

「先が死闘《しとう》だからこそ、今、のどかに仲良くしてるんじゃないか。そうだろ。この先、もうこんなことはありえない。今だけ、このひと時を楽しもうぜ」

その声には、哀《かな》しみがこもっていた。

ここまで一緒に来た仲間と戦い、つぶし合うのはつらいと、聖樹も思う。

だが、次期当主の銀剣は一本しかないのだ。

「おまえたちって、何のために当主になりたいわけ？」

リーザに聞かれて、ラ・ルリジオンは、わずかに笑いをもらす。

「まず自分から言うんだな」

リーザは、ちっと舌打《したう》ちした。

「オレは、権力《けんりょく》がほしいんだ。ミカエリス一族の頂点に立ちたい。それだけだ。さぁ、言ったぞ」

ラ・ルリジオンが、続く。

「オレは、名誉《めいよ》のためだ。本家の嫡男《ちゃくなん》だからさ。当主の座を、他のヤツに取られるわけにはいかないんだ」

はっきりとそう言ってから、こちらを見た。

「聖樹は？」

問われて聖樹は、じっと菩提樹を仰いだまま答える。

「目的は、二《ふた》つだ。一つは、約束を守るため。もう一つは、自分の価値《かち》を証明するため。僕は拾《ひろ》われ子だから、何かを勝ち取ることで、自分の価値を証明しなければならないんだ」

再び沈黙《ちんもく》が広がり、聖樹はその中を泳いだ。

静かな時間が流れていく。

もう二度とはやってこない、友とすごす貴重《きちょう》な時間だった。

「あ、ガルシアのこと知ってる？」

ラ・ルリジオンが言った。

「あいつ、昔トトカルチョに巻きこまれたことがあったらしくて、それが一昨日《おととい》バレたんだ。シテールに送られて幽閉《ゆうへい》だってさ。優秀《ゆうしゅう》だったのに、かわいそうだな。あいつがもう一度浮かび上がるには、『黄金《おうごん》のダガー』を抜くしかない。脱走《だっそう》して、『黄金のダガー』を抜いて総師を倒《たお》す。それが『銀の薔薇騎士団』の規定だ」

ミカエリス一族は、徹底《てってい》して、強い者だけを残すようになっているのだった。

「もしガルシアが脱走してきて、その時、総師が僕たちの誰かだったら、ガルシアとやることになるんだよね」

　聖樹の言葉に、リーザがため息をついた。

「オレ、やりたくねー。あいつは強すぎる。こんなことがなかったら、勝ち残ってここにいたかもしれないヤツだぜ」

　勝ち進んで当主となるには、知識、体力、精神力、耐久力《たいきゅうりょく》、あらゆる力を必要としたあげくに、幸運という未知《みち》の力までも必要なのだった。

「提案《ていあん》があるんだ」

　そう言いながら聖樹は体を起こし、二人を見た。

「『銀の薔薇騎士団』の組織は、封建的《ほうけんてき》すぎるし、閉鎖的《へいさてき》すぎるよ」

　この教育棟に入ってから、聖樹は一度も家に帰っていない。

　同じ敷地内にあるというのに、本棟に行くことを許されなかった。

　ミカエリス家の当主が、

「教育棟の門は、閉《と》ざされた」

　と宣言したその瞬間《しゅんかん》から、もう誰も家に帰れない。

　教育棟の門を出れば、この選抜教練から離脱《りだつ》したとみなされ、候補者名簿《めいぼ》から削除《さくじょ》されるのだった。

　聖樹は、母の病状《びょうじょう》が気になってたまらない。

　だが「銀の薔薇騎士団」の方針《ほうしん》は、生徒たちを家族や家庭から離しておくことにあり、幹部《かんぶ》たちは、そこに意義《いぎ》を見出《みいだ》していた。

外界から遮断《しゃだん》された空間で、雑念《ざつねん》を払《はら》い落とさせ、自己《じこ》を鍛錬《たんれん》させ、研《と》ぎすまさせるというのである。

それこそが、秀《ひい》でた当主を育てるベストの方法だと考えているのだった。

なぜなら、「銀の薔薇騎士団」が創設《そうせつ》された折《おり》、その方法を取っていたから。

だが、それから何百年もの歳月《さいげつ》が流れている。

候補者の中には、まだ五歳の子供もいるのだ。

聖樹のように、家族に病人を抱《かか》えている家庭の子もいるに違いなかった。

一律《いちりつ》に管理《かんり》することは、あまりにも非人間的すぎないか。

厳しくすれば、優秀な人間が生まれてくるというものではないはずだ。

「もっと進歩的にすべきだ。僕たちの誰か一人が次期総帥になって、レオンハルト・ローゼンハイムの名前をもらったら、この組織を改革《かいかく》することにしようよ」

リーザとラ・ルリジオンは、顔を見合わせた。

「おーお、聖樹が語ったぜ」

「聖人《せいじん》気取りだよな」

聖樹は、ムッとする。

それを見て二人は、くすっと笑った。

「怒るな、怒るな。賛成するからさ。そうだろ、リーザ」

「ん、ちょっと青臭《あおくさ》いが、まぁ悪くないかな」

ラ・ルリジオンが、ふいにまじめな顔つきになる。

「こういうのは、どうだ」

そう言いながら、二人を見た。

「オレたちの誰か一人が次期当主になったら、残りの二人は腹心《ふくしん》になって、そばでつくすんだ。オレたちは、選ばれた最強の三人だろ。その一人が当主になって二人が補佐《ほさ》したら、最強のチームだぜ。きっとすごいことができる」

聖樹は顔を輝かせ、ラ・ルリジオンに飛びつく。

その右腕を取り上げ、自分の右腕にからませて、その上でローマ風の握手《あくしゅ》の形を作った。

「賛成だ。それでいこう。ほらリーザも手を貸して。誓《ちか》うんだ。僕たちは、たとえ立場が変わっても、永遠に協力し合うって」

リーザは照れくさそうに手を伸ばし、聖樹の左腕にからませる。

聖樹は、二人をかわるがわる見つめた。

「僕たちは、たとえどんなに戦っても、いつまでも一緒だ。さぁ、誓って。僕たちは決して離れることなく、ミカエリス家と『銀の薔薇騎士団』の未来のために力をつくすって」

聖樹《せいじゅ》、十六歳《さい》

ラ・ルリジオンとリーザは、体を支え合い、もつれながら菩提樹《ぼだいじゅ》の庭まで歩いた。

鍵《かぎ》を開けてそこに入るなり、ラ・ルリジオンは菩提樹の幹《みき》にもたれかかる。

リーザは崩《くず》れ落ち、菩提樹下に膝《ひざ》をついた。

「いやぁ、おまえ、やるよな」

荒《あら》い息をくり返しながらリーザは、そのまま後ろに寝転《ねころ》び、幹に身をもたせているラ・ルリジオンを振《ふ》り仰《あお》ぐ。

「素手《すで》で対戦ってメニュウが発表された時には、楽勝でオレの勝ちだと思ったけどさ。いざやってみたら、引き分けに持ってくのが精《せい》いっぱいだった」

ラ・ルリジオンは、あえぎながら微笑《ほほえ》んだ。

「オレだって、マジでオチそうだったよ。あとちょっとでも時間が長かったら、ほんとアブなかった。おまえの、飛びつく素早《すばや》さっていったら、すげぇもん。来るぞと思った瞬間《しゅんかん》に、もうつかまれてる。自分の課題《かだい》が見えたよ」

「オレも、だ。前に聖樹《せいじゅ》とエペの勝負をやって、わかった欠点《けってん》がまだ改善《かいぜん》されてない。自分の体の大きさ、筋肉《きんにく》の重さに見合う持久力《じきゅうりょく》がついてないんだ。課題だ」

最後の三人となり、教練《きょうれん》は多岐《たき》にわたっていた。

武器《ぶき》を取って互いに戦うこともあり、協力して任務《にんむ》を遂行《すいこう》することもあり、また秘蹟《ひっせき》や秘術《ひじゅつ》の修行もある。

それでも教練が終わると、何となくこの庭に足を向けるのだった。

「オレ、明日は口頭試問《こうとうしもん》だ。オレの一番ニガ手なやつ」

そう言ってリーザは、上半身を起こし、おどけたように背筋《せすじ》を伸ばした。

「質問する、リーザ。ミカエリス家の先祖《せんぞ》に当たる神聖《しんせい》ローマ帝国皇帝《ていこくこうてい》の名前を、初代から全員述《の》べよ。質問する、リーザ。神聖ローマ帝国が滅《ほろ》びた原因と、末裔《まつえい》の名前、その末路《まつろ》について述べよ。質問する、リーザ、質問する、リーザ、質問する、リーザ、だ」

ラ・ルリジオンは、大きな息をつく。

「口頭試問は、オレの得意だ。代わってやりたいけどね。明日は水泳だ。バンベルク湖を泳ぐ。横断《おうだん》するんだ」

リーザは、目をむいた。

「マジか。何キロあると思ってるんだ。死ぬぞ」

ラ・ルリジオンはうなずく。

「ああ、オレは明日バンベルク湖で死ぬ。お前は、きっと口頭試問で死ぬ。残るのは、聖樹だけだ」

　リーザは両手をバンザイの形に上げ、そのまま倒《たお》れるように後ろに寝転んだ。

「聖樹のヤツ、ここに来てずいぶん背が高くなったよな。そろそろ百八十超《こ》えるんじゃないか。オレと初めて会った時には、チビだったのにさ」

　ラ・ルリジオンは、くすっと笑う。

「今はもう、かなりいい体になったよ。完成されてきてる。戦闘《せんとう》する者として理想的《りそうてき》な体だ。あいつを見てると、成長する子供を見る親の喜びみたいなものを感じるね」

　リーザは、ふふんと鼻を鳴らし、腕《うで》を枕《まくら》にしながら横を向いて、唇《くちびる》にふれる草の先をかんだ。

「もしさ、今後、『どちらかを殺すまで戦う』なんてメニュウが出てきたら、おまえ、どうする。やるのか?」

　ラ・ルリジオンは、何でもないといったように肩《かた》をすくめた。

「頭を使えよ。これらはすべて教練なんだ。忠誠心《ちゅうせいしん》や信念《しんねん》を育てるためのもの、それに適合《てきごう》できる資質《ししつ》かどうかを試して、振るい落とすためのものでもある。かなり前になるけど、サバイバル・メニュウが組まれたことがあったろ。四、五人のグループを組まされて、サハラの砂《さ》漠《ばく》の真ん中に連れていかれてさ、磁石《じしゃく》と二日分の水だけ持たされて放り出されたやつ」

リーザは大きな息をつき、かんでいた草の葉を噴《ふ》き出した。

「ああ、あのメニュウはきつかった」

ラ・ルリジオンは、リーザのそばに腰《こし》を下ろす。

「あれは、実はサバイバル能力を試すためのものじゃなくて、窮地《きゅうち》で友を裏切るかどうかを見るためのメニュウだったんだ」

リーザは、ギョッとしたような顔つきになった。

「そうなのか・・・全然わからなかった」

ラ・ルリジオンは、うなずく。

「オレも、後から知ったんだ。あの時、裏切ったヤツは、全員がかなりのマイナス評価《ひょうか》を受けた。オレのグループではそうでもなかったが、聖樹のとこではひどい裏切りがあったらしくて、聖樹のヤツ、相当傷《きず》ついてたよ。今でもあの傷を抱《かか》えているはずだ」

リーザは、不敵《ふてき》な感じのする笑みを浮かべた。

「そういう経験も必要なんだろ、ミカエリスのトップに立つためには、さ」

ラ・ルリジオンは両手で髪をかき上げ、そのまま指先を髪の中にうずめながら寝転んだ。

「そうだ。で、おまえの話に戻るが、その場合の正解は、限界《げんかい》まで戦ってから殺《ころ》さずに武器《ぶき》を捨《す》てることだ。私には友を殺すことはできません、とかなんとか言ってさ。オレたちは、あらゆる力を試されている。その中には、精神の力も入っているんだ。極限状態《きょくげんじょうたい》で人間らしさをいかにキープできるかってことだよ。だから相手を殺さないのが正解。もし本当に殺そうとしたら、必ず誰《だれ》かが止めに入るし、大きなマイナス評価がつくはずだ」

リーザは、ほっとしたようにうなずいた。

「そっか。よかったよ」

菩提樹の枝を騒《さわ》がせて、風がわたっていく。

「おまえ、夕飯の後で、毒《どく》、飲んでる？」

ラ・ルリジオンに言われて、リーザは軽くうなずいた。

「ああ先週からだ。初めの三日は、もう死ぬかと思った」

ラ・ルリジオンが、尻上《しりあ》がりの口笛《くちぶえ》をふく。

「三日ですんだのか。オレ、一週間は、のたうちまわってたよ。絶対、吐《は》くなっていわれてたから、もう必死だった。壁に爪痕《つめあと》が残りそうだったよ、マジで。最近やっと、体が慣《な》れてきたけど」

それは第四代当主《とうしゅ》が毒殺《どくさつ》された時から、「菩提樹下の三人」の教練に組みこまれたメニュウだった。

毒殺されるのを防《ふせ》ぐために、毎日、少量ずつ毒を体に入れ、慣らしていく。

当主になるための準備であり、同時にそれに適合《てきごう》できる体かどうかを試す教練の一種でもあった。

「これが始まると、当主選抜《せんばつ》教練も、そろそろ終わりだって話だぜ。結果発表が近いんだ、きっと」

ラ・ルリジオンの言葉に、リーザは空を仰いだままつぶやいた。

「正直、早く終わってほしいよ。聖樹は、今日、何やってんだ？」

ラ・ルリジオンは両腕を頭の下に入れながら、菩提樹の枝の間から空を見る。

「秘蹟の伝授《でんじゅ》らしいよ」

ふっとリーザが体を起こした。

「『銀の薔薇騎士団《ばらきしだん》』の秘儀《ひぎ》か。そいつはまた、ずいぶんきつそうだな。呪術《じゅじゅつ》をかけたり、解《と》いたり、霊魂《れいこん》を移したりするんだろ」

ラ・ルリジオンはうなずき、どうしようもないといったように口角《こうかく》を下げた。

「五日間ぶっ通しだって話だ。あいつも、やっぱり死ぬかもな」

リーザは、神妙《しんみょう》な顔つきになる。

「おまえもオレも強いけどさ、一番強いのは、きっと聖樹だよ」

ラ・ルリジオンは、眉《まゆ》を上げた。

「ほう、俺様キャラのおまえにしては、めずらしい発言だな。なんで、そんなことを考えたのか聞きたいものだ」

リーザは、記憶《きおく》の底を探《さぐ》るように慎重《しんちょう》な口調になった。

「あの時、そう思った。去年、何のために当主になるのかって話になった時さ。オレもおまえも、何かを手に入れるためにやっている。権力《けんりょく》であったり、名誉《めいよ》であったり、だ。だが聖樹は、自分自身の価値《かち》を証明《しょうめい》するためにやると言った、オレのこれまでの経験では、そういうヤツが一番強いんだ。迷いがないし、生きている限《かぎ》りそれを捨《す》てることもないからだ」

ラ・ルリジオンは苦笑《くしょう》する。

「じゃオレたちは、あいつの側近《そっきん》になるってわけか。あいつ、マザコンだぜ」

リーザも微笑んだ。

「そうかもな。でも悪くないだろ？　あいつは年下だけど、浮《うわ》ついたところが全然ないし、腹がすわってる。押さえるべきをちゃんと押さえてるしな。あいつが騎士団の改革《かいかく》って言い出した時には、驚いたよ。そんなこと、今までの誰に言えた？」

ラ・ルリジオンは、首を横に振った。

「誰にも言えなかった。それどころか誰も、思いつきすらしなかった。おまえも、オレも、今の教練をやり抜《ぬ》くことだけで頭がいっぱいだからな」

「だろ？　聖樹でいいよ」

ラ・ルリジオンは、ため息をつく。

「ああ、ちょっとくやしいが、まぁしかたがないか」

聖樹《せいじゅ》、十七歳《さい》

その日、教練《きょうれん》メニュウが掲示《けいじ》される電光掲示板には、こう表示されていた。

「本日、午前九時、『秘蹟《ひっせき》の礼拝堂《れいはいどう》』に集合のこと」

教練についての記述《きじゅつ》は何もない。

これまでこんなことは一度もなかった。

聖樹《せいじゅ》が立ちつくしていると、ラ・ルリジオンが駆《か》けてきて飛びつき、頭に腕《うで》をまわして抱《かか》えこんだ。

「おい、ついにだぜ、ついにだ」

リーザもやってきて、興奮《こうふん》を浮《う》かべた目で聖樹の掲示板を確認する。

「ここもか。やっぱり今日だな。次期当主選抜《じきとうしゅせんばつ》教練の結果発表なんだ」

それで何のメニュウも書かれていないのだった。

聖樹は、ぎゅっと目をつぶる。

長かったっ！

緊張《きんちょう》と努力《どりょく》の日々に、やっとピリオドが打たれるのだ。

「礼拝堂に行こう」

ラ・ルリジオンが言った。

「まだ早いが、部屋に戻っても、どうせ落ち着かないだろ」

三人で、小道を通って礼拝堂に向かう。

胸に満ちてくる期待《きたい》と不安で、誰《だれ》もがしだいに無口《むくち》になった。

ミカエリス家の敷地《しきち》内には、三つの礼拝堂がある。

中でも「秘蹟の礼拝堂」は、重要な儀式《ぎしき》の時にのみ使われる特別な場所だった。

三人は正面のポルタイユを入り、ドアを開ける。

中には、青い光が満ちていた。

高い天井《てんじょう》の下、整然《せいぜん》と椅子《いす》が並び、突《つ》き当たりには祭壇《さいだん》、その背後《はいご》の窓には紺碧《こんぺき》のステンドグラスがはめこまれている。

そこから差しこむ朝の光が、礼拝堂内を青く染《そ》めていた。

「空の青だな」

ラ・ルリジオンが言うと、リーザが答えた。

「海の青でもあるさ」

聖樹がつぶやく。

「一生、忘れられない青になるよ、きっと」

十一年間にわたる教練の結果が間もなく出るのだと思うと、気持ちが乱《みだ》れた。

もし選ばれなかったら。

そう考えて、聖樹は息を呑《の》む。

この先、どうやって生きていけばいいのだろう。

まったく道が見えない。

選ばれた者の側近《そっきん》になると約束していたが、二人のうちのどちらかの下に入って仕《つか》えることなど自分にできるのだろうか。

何もかもなげうって進んできたこの道から放り出されて、生きていけるのか。

そんなことになるくらいなら、いっそ潔《いさぎよ》くこの世と決別《けつべつ》しようか。

「祈《いの》ろうぜ」

ラ・ルリジオンの提案《ていあん》に、聖樹はあわててうなずく。

アバケーヌのファイアンス陶器《とうき》がはめこまれた大理石《だいりせき》の床を歩いて祭壇《さいだん》に近寄《ちかよ》った。

その前で片膝《かたひざ》をつき、十字を切る。

三人で、それぞれに「主《しゅ》の祈り」を捧《ささ》げた。

やがて背後《はいご》でドアが開き、振《ふ》り返ると、旗標《きひょう》を持った係員が入ってくるところだった。

その後ろに、紫紺《しこん》の旗を捧げ持った係員たちが続く。

リーザがつぶやいた。

「長老派《ゲローン》の旗だ。次期当主選抜教練は、長老派《ゲローン》の仕切りだったのか」

係員は旗を飾り、幕《まく》を垂《た》らし、窓や柱におおいを施《ほどこ》して準備を整えていく。

ベネツィア・グラスのシャンデリアが持ちこまれ、五十ほどもあるその蠟燭《ろうそく》に火がともされると、礼拝堂内には、儀式にふさわしい荘厳《そうごん》さが立ちこめた。

隣接《りんせつ》する教会堂から、九時の鐘《かね》の音が鳴《な》り響《ひび》く。

正面入り口の扉を開けて、長老派《ゲローン》全体会議の議長と三役が姿を見せ、祭壇前まで歩いてきて幕を背にして立った。

議長は、長い髭《ひげ》を蓄《たくわ》えた白髪《はくはつ》の老人で、手に厚い革《かわ》のバインダーを持っている。

「では、これより次期当主選抜教練の結果を伝える。『菩提樹下《ぼだいじゅか》の三人』は、アルファベット順に、ここに並びなさい」

三人は一瞬《いっしゅん》、頭に自分のアルファベットを思い浮かべ、それからあわてて移動した。

「いいかね。では始めよう」

議長はバインダーを開き、そこから一枚の厚紙を取り上げる。

クリーム色の地に、ミカエリス家の紋章《もんしょう》がすきこまれた美しい紙だった。

「長老派《ゲローン》全体会議は、次期当主選抜教練の結果をかんがみ、ここに次期当主を決定し、通告《つうこく》するものである」

息がつまるような沈黙《ちんもく》が広がった。

聖樹も、ラ・ルリジオンも、リーザも固唾《かたず》を呑んで、議長の口元を凝視《ぎょうし》する。

「次期当主は、聖樹・ミカエリス・鈴影《すずかげ》とする」

聖樹は、両手を拳《こぶし》に握《にぎ》りしめた。

やった！

ついに勝ち取った‼

次期当主、当主、そして「銀の薔薇騎士団《ばらきしだん》」次期総帥《そうすい》、総帥位を、手に入れた。

ミカエリス家のすべてを、この手に握ったんだ！

「正式発表は明日。同時に聖別式《せいべつしき》、また『銀の薔薇騎士団』の次期総帥叙任式《じょにんしき》を執《と》り行う。これは現当主が没《ぼっ》した場合、その直後から当主、および総帥としての権限《けんげん》を発することができるようにするため、ミカエリス家と『銀の薔薇騎士団』が一瞬《いっしゅん》も途絶《とだ》えることなく続いていくための、事前処置《しょち》である」

議長の説明は、長く続いた。

聖樹は、ほとんど聞いていない。

わき上がる喜びで、胸が痛かった。

自分が爆発《ばくはつ》しそうな気がする。

僕は証明《しょうめい》した、自分の価値《かち》を！

一族の中で、自分こそ最強の男であることを、はっきりさせた!!

母に知らせなければ。

僕は約束を守った、母を日本に連れていく！

「以上である。なおこれより、家族および親族《しんぞく》との面会は自由とする」

聖樹は一礼するや、はじかれたように礼拝堂から飛び出した。

夢中《むちゅう》で、母の部屋に向かう。

庭を横切り、本棟《ほんとう》に駆《か》けこみ、風のようにホールを走り抜《ぬ》けた。

昔、あれほど苦手だった「沈黙の廊下《ろうか》」も、もう長くは感じられない。

剝製《はくせい》の動物の首も、並んでいる先祖《せんぞ》たちの目も、自分を祝福《しゅくふく》しているように見えた。

最後の当主の胸像《きょうぞう》のそばを通り過《す》ぎながら、ちょっと立ち止まり、隣《とな》りに立って、ポーズを決めてみる。

自分もいつか当主として、ここに並べて飾《かざ》られることになるのだと考えると、感無量《かんむりょう》だった。

「聖樹」

振り返ると、ラ・ルリジオンとリーザが追いかけてきていた。

「すげぇ速さだな、おまえ。マッハって綽名《あだな》をつけてやるよ」

大きな息をつきながら言ったリーザの肩《かた》を、ラ・ルリジオンが抱き寄せる。

「おめでと。オレもリーザも、おまえの側近になるよ」

た。

素直《すなお》に相手の力を認められるラ・ルリジオンの明るさ、リーザの懐《ふところ》の広さが、まぶしかった。

聖樹は目を細める。

「いつまでも一緒だって誓《ちか》ったからな」

リーザがうなずいた。


この二人がそばにいてくれるなら、聖樹は、自分でそれらの力を持っているのと同じなのだ。

両手を伸ばし、二人の腕《うで》とからめて、ローマ風の握手《あくしゅ》を交《か》わす。

強く握りしめ、引き寄せ、視線を結び合って心を一つにした。

「よろしく！」

瞬間《しゅんかん》、妙《みょう》なざわつきが耳に入った。

「沈黙の廊下」の先は母の棟だったが、いつも静まり返っているそこから、今、騒《さわ》がしい空気が流れ出してくる。

不審《ふしん》に思いながら聖樹は、母の部屋に通じるドアに歩み寄り、それを開けようとした。

とたん、中からドアが開き、看護師《かんごし》が後ずさりしながら姿を見せた。

掲《かか》げた片手に、点滴《てんてき》の瓶《びん》を持っている。

それに続いて医師《いし》、さらにストレッチャーが見えた。

そばには、父がついている。

聖樹が思わず声を上げると、父はこちらに目を向け、首を横に振った。

「どうもよろしくない。これが最後になるかもしれないから。お別れをしておきなさい」

聖樹はストレッチャーを見、その上に寝かされている母を見る。

目は開けていたが、朦朧《もうろう》としていた。

聖樹は立ちすくみ、息をつめる。

嘘《うそ》だっ！

僕は約束を守った!!

絶句《ぜっく》して立ちつくし、動いていくストレッチャーと、その上の母を見つめる。

どうしても言葉が出てこない。

「さ、お別れをして」

父に背中を押されて、聖樹は、母のそばに寄った。

「母様《かあさま》」

そう呼びかけたが、母の目は、少しも動かなかった。

「母様」

もう一度、声を大きくして言ったものの、やはり同じだった。

もう聞こえないのかもしれない。

信じられないことだった。

聖樹の背後《はいご》で、苦しげなつぶやきがもれる。

「母様」

振り向けば、青ざめたラ・ルリジオンが棒立《ぼうだ》ちになっていた。

「母様」

母の目に、ふっと生気《せいき》が射《さ》す。

酸素《さんそ》マスクの向こうのその唇《くちびる》が、かすかにラ・ルリジオンの名前の形に動くのを聖樹は見た。

驚きだった。

聖樹が声を大きくして呼んでも反応しなかったというのに、ラ・ルリジオンの小さなつぶやきを聞き取ったのだ。

まるで、待っていたかのようだった。

「おまえか」

父がラ・ルリジオンに気づき、歩み寄って背中を抱く。

「さぁ、行って。これが最後になるかもしれない」

ラ・ルリジオンはストレッチャーに飛びついた。

両腕で母の顔を囲むようにして、頬《ほお》を寄せ、その耳にささやく。

「母様、お詫《わ》びします。これまで長い間、母様を傷《きず》つけていたことを。母様、聞こえますか、母様」

ラ・ルリジオンのあでやかな緑の瞳《ひとみ》に涙がきらめき、こぼれ落ちて母の顔をぬらした。

「愚《おろ》かだった僕を許してください。母様、聞こえますか。僕の謝罪《しゃざい》が聞こえますか。どうか僕を許すと言ってください」

母は、ゆっくりとラ・ルリジオンに目を上げ、かすかに微笑《ほほえ》んだ。

「謝ることはありません」

その目尻《めじり》から、涙がこぼれる。

「あなたのことを、いつも心配していました」

ラ・ルリジオンは、あえぐような声を上げる。

「いつも、いつも心にかけていました。どんな時も決して忘れることはありませんでした。あなたは、私が産んだ息子《むすこ》です。大切な、大切な子供なのですから」

聖樹は、息をつめる。

「いつか心が通う日が必ず来ると信じていました。血がつながっているのですもの」

聖樹は、動けない。

母は、ずっと待っていたのだ、ラ・ルリジオンから呼びかけられるのを。

その目が自分の方を見てくれるのを、待ち続けていたのだ。

「あなたも、いつか人の親になったら、きっと母の気持ちがわかるでしょう。たとえどんなことがあって、どんなに離れていても、あなたは、かけがえのない大切な私の息子なのです」

そう言いながら母はそっと指を伸ばし、ラ・ルリジオンの頬の涙をぬぐった。

「ミカエリスの男が泣いてはいけません。わかりましたか」

「はい、母様」

「笑って、ラ・ルリジオン。あなたは、微笑んでいる時が一番すてきよ」

ストレッチャーは、ラ・ルリジオンとともに動いていく。

二人が微笑みを交わし合い、心を結び合うのを、聖樹は後ろから見ていた。

それは十八年を経《へ》て、ようやく歩み寄った息子と、母親だけの世界だった。

とても、入っていけない。

見ているしかなかった。

自分と母の間に亀裂《きれつ》が入り、魂《たましい》が母から切り離され、空中にさ迷《まよ》い出ていくのを感じながら。

自分は身代わりだったのだと、思い知らされた気がした。

母には、ラ・ルリジオンへの届かない愛を流しこむ存在が必要だったのだ。

そうしなければ、とても生きていけなかったのだろう。

ラ・ルリジオンは、母とヨハンナの確執《かくしつ》を耳にするあの日まで、母に関心を持っていなかった。

だが母は、そうではなかったのだ。

ラ・ルリジオンが母を思わなかった長い年月の間も、ずっと我《わ》が子《こ》を思っていた。

ラ・ルリジオンを愛し、かわいがりたくて、その代わりに聖樹をかわいがっていたのだった。

体が冷たくなっていく。

たとえ聖樹がラ・ルリジオンとどんな約束をしていても、母の愛はそれを踏《ふ》みにじって我が子に向かっていくのだ。

聖樹にはどうすることもできない。

胸を裂《さ》かれるような思いで、ただ見つめていることしかできなかった。

その時、聖樹は、孤独《こどく》という名の牢獄《ろうごく》に捕《と》らわれたのだった。

「聖樹」

ふいに肩に手が載《の》る。

「いい顔だな」

振り返ると、そこに父が立っていた。

「母親っ子で困ったものだとずっと思っていたのだが、ミカエリスの次期当主にふさわしい顔になった」

父の眼差《まなざし》には、深い影《かげ》がある。

それは、孤独の影であり、冷え冷えとした闇《やみ》だった。

信じられない思いで、聖樹は父に向きなおる。

今まで気づかなかったことに驚きながら、父の顔に見入った。

美しい妻がいて、かつての恋人だったというヨハンナもそばにいて、なぜこの目なのだろう。

当主であり総帥という、誰もがあこがれる地位と名誉《めいよ》を手にし、輝《かがや》かしい人生を送っていながら、この顔は何なのだろう。

「選抜《せんばつ》の結果は、聞いた。おめでとう。私が没した時には、ミカエリス家と『銀の薔薇騎士団』をよろしく頼む」

聖樹は、思わず口を開く。

「父様《とうさま》は、幸せではないのですか」

父の顔の上に、まるで膜《まく》のように、真剣《しんけん》さが広がっていった。

「聖樹、そんなことを考えてはいけない」

押しつけるように、食い入るようにこちらを見つめる。

「幸せというものは、当主であり総帥である人間が求めるものではない。おまえが選択《せんたく》したのは、名誉と栄光に彩《いろど》られた道だ。それを進んでいけ。それが選ばれた者の責任《せきにん》であり、義務《ぎむ》だ。その道に幸福というものは存在しない。そう知っておかなければならないよ」

その時、聖樹には、初めてわかった気がした。

自分は、この世の多くの人間が経験したこともない険《けわ》しい道を、たった一人で歩いていくことになるのだと。

十代《じゅうだい》の後継者《こうけいしゃ》

その日の午後は、次期当主《じきとうしゅ》に就任《しゅうにん》するための聖別式《せいべつしき》、また『銀の薔薇騎士団《ばらきしだん》』の次期総帥《そうすい》叙任式《じょにんしき》の練習に費《つい》やされた。

掃《は》き清《きよ》められ、祝福《しゅくふく》された「静謐《せいひつ》の礼拝堂《れいはいどう》」に、長老派《ゲローン》に所属《しょぞく》する五人の騎士が集まってくる。

一人は、式典用の教典を手にしており、祭壇《さいだん》に立った。

「私は、『伝授《でんじゅ》の騎士』である。この練習の指導官《しどうかん》を務《つと》める」

もう一人は、記録簿《きろくぼ》を開き、指導官の脇《わき》に立つ。

やがて大きな大理石《だいりせき》のバスタブが運びこまれ、そこに水が注《そそ》がれた。

「最初に沐浴《もくよく》を行う。聖樹《せいじゅ》、浴槽《よくそう》の脇に立ちなさい」

三人の騎士が歩み寄《よ》ってきて聖樹の前後に立ち、服を脱《ぬ》がせる。

指導官が目をこらした。

「みごとな体だ。美しい。結構《けっこう》」

その言葉を、記録係が書きとめる。

指導官は、聖樹の後ろにまわった。

「肌《はだ》もきれいだ。傷《きず》はもちろん、シミ一つない。大変、結構。浴槽に入りなさい」

聖樹がバスタブをまたいで踏《ふ》みこむと、もう一人の騎士が壺《つぼ》に水をくんで頭からかけた。

最後の騎士が聖樹の体をふき、脚《あし》に香油《こうゆ》をぬる。

教典《きょうてん》を祭壇に置いた指導官が聖油《せいゆ》を手にして近寄ってきて、それを聖樹の胸にぬった。

「聖樹、あなたの体は清められた。では当主の聖別式の手順を説明する」

それは、古来からフランクフルトで行われてきたという神聖《しんせい》ローマ帝国皇帝《ていこくこうてい》の聖別式と、ほとんど同じだった。

聖樹は、祭壇にひざまずいて大司教《だいしきょう》から額《ひたい》に聖油をぬってもらったり、キスを受けたり、また祝福された銀剣《ぎんけん》を胸に吊《つ》ってもらったりした後、次期当主の座《ざ》に座《すわ》り、宣誓《せんせい》を述《の》べる。

それだけでよかった。

だが「銀の薔薇騎士団」の次期《じき》総帥叙任式の方は、覚えなければならないことが山のようにあった。

「銀の薔薇騎士団」は、フリーメーソンと同様の秘密結社《ひみつけっしゃ》であり、そのため、人前で騎士団の騎士と名乗ることはできなかった。

仲間かどうかを判別《はんべつ》するには、握手《あくしゅ》が使われる。

普通に交《か》わされる握手とまったく変わらないため、見ている人間にはわからない。

しかし騎士同士には、相手が仲間であるかどうか、またどの階位《かいい》に属《ぞく》する身分なのかが、一瞬《いっしゅん》にして見分けられるのだった。

総帥は、そのすべての握手の仕方を把握《はあく》しておかなければならない。

また「銀の薔薇騎士団」憲章《けんしょう》も、全章を覚えておかねばならず、組織図も頭に入れておく必要があった。

それらは、叙任式で試される。

そこで判断《はんだん》を間違ったり、言いよどんだりすれば、不名誉《ふめいよ》なことこの上ないのだった。

「聖樹、君は次期当主選抜教練《きょうれん》において、頭脳《ずのう》面、精神面および肉体面において圧倒的《あっとうてき》な実力を示《しめ》した。我《わ》が一族の華《はな》だという声も上がったほどだ。だがミカエリス家始まって以来の十代の次期当主であり次期総帥であることから、長老派《ゲローン》内部には反対意見も多かったのだ」

聖樹は、息を呑《の》む。

「いくら力があっても、若すぎるゆえに過《あやま》ちが懸念《けねん》されると」

自分は、満場一致《まんじょういっち》の賛成をもって選ばれたわけではないのだということが初めてわかり、身のしまる思いだった。

「だが現当主も、まだ若い。おそらく当分は当主交代となることもなく、その間に君も年を重ねるだろうという意見があり、それが通ったのだ。言動《げんどう》を慎《つつし》み、聖別式と叙任式においては、若くても充分《じゅうぶん》な思慮《しりょ》を持っていることを全騎士たちに示すように。また後で、叙任式で騎士に任命《にんめい》される生徒たちの名簿《めいぼ》を届けさせる。次期総帥選抜教練に参加していた者たちばかりだ。その成績も添付《てんぷ》しておくから、全部に目を通し、変更の必要があれば、今夜中に係まで連絡するように」

今夜は徹夜《てつや》だと聖樹は考える。

やむを得《え》ない、全部が終わったら、ゆっくり寝よう。

美《うつく》しき誘惑者《ゆうわくしゃ》

自分の部屋に戻り、聖樹《せいじゅ》は素早《すばや》くシャワーを使うとローブをはおって、まず騎士叙任者《きしじょにんしゃ》の名簿《めいぼ》に目を通した。

成績によってきちんと騎士位が分かれており、変更が必要と思われるような不審《ふしん》な叙任者は見当たらない。

ただラ・ルリジオンと、リーザの名前だけが、どこを探してもなかった。

二人とも、「菩提樹下《ぼだいじゅか》の三人」に選ばれるほどだったのだから、最高位の騎士位にランキングされていてもおかしくないはずなのに、なぜ名簿からもれているのだろう。

聖樹は、騎士団名簿を管理《かんり》する騎士に連絡しようとして、ふと手を止める。

騎士位を叙任すると、その騎士位に伴《ともな》う仕事に就《つ》かねばならない。

二人に関しては、自分の側近《そっきん》にするつもりでいたし、彼らもそれで合意《ごうい》していた。

このままの方がいいのかもしれない。

聖樹は名簿係を呼び、名簿を返して変更がないことを告《つ》げた。

ついでに、二人の名前がない訳《わけ》を尋《たず》ねる。

名簿係にも事情がわからず、問い合わせてみるとの返事だった。

「二人は、僕の麾下《きか》に入れるつもりだ。名簿に組みこまないようにしておいてくれ」

名簿係を送り出し、あすの叙任式の点検に取りかかる。

「銀の薔薇《ばら》騎士団」憲章《けんしょう》は、次期当主選抜《じきとうしゅせんばつ》教練《きょうれん》の時のテストにも出ており、すでに覚えてあったが、次期総帥《そうすい》叙任式に集まる高位の騎士たちの前で、よどみなく暗唱《あんしょう》できるかどうかが心配だった。

また騎士の確認は、握手《あくしゅ》の際のちょっとした指の位置だけで相手の階位《かいい》を認識するようになっており、先ほどただ一度、伝授《でんじゅ》されただけだった。

記録《きろく》を取ることも許されず、諳《そら》んじなければならなかったのだ。

忘れないうちに、しっかりと覚えこんでおかなければならない。

時間を忘れて励《はげ》んでいると、ドアをノックする音が響《ひび》いた。

時計を見れば、もう二十四時をまわっている。

こんな真夜中、しかも一分でも惜《お》しい時に、誰《だれ》だろう。

いらだちながら立ち上がり、ドアに歩み寄《よ》ると、開ける前に、向こうから女の声がした。

「貴女《ダアム》ヨハンナ様がお呼びです。すぐお支度《したく》をなさってください。ご案内します」

今ごろ、何の用があるというのか。

「どうしてもお連れせよとのご命令です。出てきてくださるまで、ここから動きません」

しかたなく服を着がえ、ドアから出た。

女の後について、新棟《しんとう》にあるヨハンナの部屋に向かう。

「どうぞ、入って」

姿を見せたヨハンナは、深紅《しんく》の絹《きぬ》の部屋着を着ていた。

薄《うす》い生地《きじ》を通して、その体の線がすっかり見える。

聖樹は、不躾《ぶしつけ》にならないように、目を伏《ふ》せているしかなかった。

「お座《すわ》りなさい」

飾《かざ》り立てられた広い部屋の大きな窓は、ライトアップされた芝生《しばふ》と池に面している。

昼間なら、さんさんと光が降り注《そそ》ぐ部屋だった。

突然に呼びつけられて、聖樹は、戸惑《とまど》いを隠《かく》せない。

落ち着かない気持ちで、ソファに座った。

「あなたにお願いがあります」

そう言いながらヨハンナは歩み寄り、すぐ隣《とな》りに腰《こし》を下ろした。

ソファが傾《かたむ》き、体が触《ふ》れそうになる。

聖樹は目だたないように移動し、ヨハンナから間隔《かんかく》を取った。

「あら」

ヨハンナはすぐ、それに気づく。

「今夜は、ずいぶん冷たいのね。あなたに女の扱《あつか》い方を教えてあげたのは、この私なのに」

聖樹は、目を伏せた。

それは、教練の一環《いっかん》だった。

「あの時のあなたは、とても情熱的だったわよ。魅力的《みりょくてき》でもあった。忘れられなくなるくらいにね。私、とろけそうだったもの」

ミカエリスの当主、そして「銀の薔薇騎士団」の総帥は、どんなことも完璧《かんぺき》にできなければならないのだ。

陸の上でも、海の底でも、空においても、そしてベッドの中でも。

「あなたみたいな若い子にイカされるなんて、あまりないことなのよ。しかも女のことを教えてる最中だったのに。今ここでもう一度、お手並みを拝見させてもらいたいくらいよ。どう？」

聖樹は大きく息をつき、姿勢《しせい》を正した。

「あなたを抱いたのは、それが教練のメニュウだったからです。『菩提樹下の三人』は、皆《みな》、同じ学習をしました。そして教練は終わったのです。二度とあなたと関係を持つ気はありません」

はっきりと言って立ち上がる。

「お願いというのがそのことなら、これで失礼します」

ヨハンナの手が伸び、腕《うで》をつかんだ。

「今日、あなたは次期当主に選出《せんしゅつ》されましたね」

立ち上がり、ピッタリと体を寄せてくる。

その目は、期待でキラキラと輝《かがや》いていた。

「お願いというのは、そのことです。さあ座って」

つかんでいた聖樹の腕を引っぱって座らせ、手の上に手を重ねる。

「次期当主になるのを辞退《じたい》してほしいの」

聖樹は目を見開いた。

ヨハンナは、何でもないといったように微笑《ほほえ》む。

「あなたが言うことを聞いてくれたら、何でもお望みのままよ」

そう言いながら、指先で聖樹の指の間をていねいになでた。

「一生、いい暮らしをさせてあげるわ。その方が責任《せきにん》もなくて、楽だと思わないこと？」

聖樹は息を呑《の》みながら口を開く。

「僕が辞退すると、どうなるのですか」

ヨハンナは、くすっと笑った。

「次期当主に選ばれた者が、次期当主就任《しゅうにん》前に辞退した場合は、次点《じてん》がくり上がるの。つまりラ・ルリジオンが就任するのよ」

自信に満ちた微笑みは、あの子は私の言いなりだからと言わんばかりだった。

教練の間、生徒たちは誰からも隔《へだ》てられていた。

ヨハンナは、ラ・ルリジオンがもはや自分の言いなりにならないということを知らないのだ。

そう考えると、聖樹は、勝てるカードを握《にぎ》っているような気持ちになった。

だが果《は》たして、本当にそうだろうか。

ヨハンナを慕《した》うラ・ルリジオンの気持ちは、恋だ。

貴女《ダアム》との教練があった日は、菩提樹の庭にやってきても、惚《ほう》けたようにぼうっとしていた。

身も心も吸《す》い取られたといった感じで、リーザがからかっても、反応もしないほどだった。

母と心を通わせたからといって、ヨハンナに惹《ひ》かれる気持ちが消えるわけではないだろう。

ラ・ルリジオンは、自分でも、それをどうすることもできないに違いない。

彼が、ヨハンナと手を組む可能性《かのうせい》は否定《ひてい》できなかった。

そうなったら「銀の薔薇騎士団」は、ヨハンナの掌中《しょうちゅう》に落ちるのだ。

「お断《ことわ》りします」

指をからめているヨハンナの手を振りほどいて立ち上がる。

「あなたは、ミカエリス家と『銀の薔薇騎士団』を蝕《むしば》んでいる。あなたを排除《はいじょ》するためにも、僕は次期当主になり、そして当主になります」

ヨハンナは、眉《まゆ》を上げた。

「あら、そんなこと、言っていいのかしら」

含《ふく》み笑いをしながら立ち上がる。

「次期当主は、同時に次期総帥よ。次期総帥には、守らなければならない四誓願《しせいがん》があるのを知っている？」

四誓願とは、正式名を「総帥の秘儀伝授《ひぎでんじゅ》の四誓願」といい、次期総帥に就任するに当たって定められる四つの規定《きてい》だった。

それを生涯《しょうがい》、守っていかなければならない。

もし破《やぶ》れば、総帥位から退《しりぞ》き、死をもって償《つぐな》う決まりだった。

「その四誓願はね、先代の貴女《ダアム》が与えることになっているの。あなたに四誓願を言い渡すのは、この私なのよ。そしてあなたには、拒否《きょひ》する権利がない」

ヨハンナの目は今までと一変《いっぺん》し、激《はげ》しい憎悪《ぞうお》を浮《う》かべていた。

「厳しい四誓願を与えて、あなたを生涯、縛《しば》りつけることもできるわ」

聖樹は、ちょっと笑った。

「脅《おど》しているつもりですか。だったら無駄《むだ》ですね。忙《いそが》しいので失礼します」

身をひるがえして出ていこうとすると、背中でヨハンナの声がした。

「後悔《こうかい》するわよ」

聖樹は、足を止めない。

振り向く価値《かち》すらないと思っていた。

「じゃ思い知るのね。焼けつくような苦痛《くつう》を味わうといいわ。それが嫌《いや》なら、私の言うことを聞きなさい。朝まで待つから」

聖樹は、音を立ててドアを閉める。

生涯、縛りつけると、ヨハンナは言った。

だが、そんなことができるはずはない。

次期総帥にとって、もっとも重要な四誓願の四つの規定は、発案は貴女《ダアム》であっても、その後、長老派《ゲローン》全体会議にかけられ、騎士たちによって検討《けんとう》されて決定されるのだ。

貴女《ダアム》が勝手な思いつきで決めることなどできないし、そんなことをすれば、他の騎士たちが黙《だま》っていないだろう。

聖樹は、自分を落ち着かせながら部屋に戻る。

庭の方から、徹夜《てつや》で明日の会場を設営《せつえい》する音が聞こえてきていた。

胸にしみついたヨハンナの言葉が、一抹《いちまつ》の不安となって心をおびやかす。

聖樹は部屋を歩きまわり、窓辺に立って空を仰《あお》いだ。

濃紺《のうこん》の闇《やみ》の中に、ほっそりと浮かんだ月がきれいだった。

母は、どうしているだろう。

持ちなおしてくれるといい。

枕元には、ラ・ルリジオンがついているのだろうか。

二人の姿を思い出すと胸が痛《いた》んだ。

当主になり、総帥になって、母を日本に連れていくつもりでいた。

だが、それは今やラ・ルリジオンの役目だろう。

聖樹にできるのは、それを認めることだけだった。

母の住みやすいミカエリス家にし、ヨハンナのような人間が口をはさめない「銀の薔薇騎士団」にしたい。

そう考えながら机の前に座り、憲章のページをめくった。

次期当主と総帥の地位を手にしたら、この家も、「銀の薔薇騎士団」も、徹底的《てっていてき》に変革《へんかく》してやる！

四誓願《しせいがん》の呪《のろ》い

「起きなさい、神に選ばれた子よ」

声とともにドアがノックされる。

「神があなたを、次期当主《じきとうしゅ》および『銀の薔薇騎士団《ばらきしだん》』の次期総帥《そうすい》に定められた」

聖樹《せいじゅ》がドアを開けると、そこには正装《せいそう》をした大司教《だいしきょう》が、二人の司教とともに立っていた。

「俗《ぞく》世界のすべてを脱《ぬ》ぎすて、これをまといなさい」

差し出されたのは、一枚のプルビアーレだった。

高位《こうい》聖職者がつける儀式《ぎしき》用のマントである。

聖樹は服を脱ぎ、裸《はだか》になって肩《かた》からそれをはおった。

「服は、こちらであずかる。では懺悔《ざんげ》を」

一人の司教が、携帯《けいたい》用の祭壇《さいだん》を差し出す。

聖樹はその前に片膝《かたひざ》をついた。

心に思っていることをすべて、神に向かって打ち明ける。

それが終わると、三人の後に従《したが》い、「秘蹟《ひっせき》の礼拝堂《れいはいどう》」に向かった。

礼拝堂内は壁布でおおわれ、火の入ったたくさんのシャンデリアや燭台《しょくだい》つきトリオンフォで飾《かざ》られて、まばゆいばかりである。

回廊《かいろう》に置かれた椅子《いす》には、高位騎士たちがずらりと顔をそろえていた。

一番前に、父の姿が見える。

パイプオルガンの音が響《ひび》き、聖歌隊《せいかたい》席から歌声が上がった。

その中を進んで聖樹は、祭壇前に立つ。

祭壇にはミサ典書や聖杯《カリス》、チボリウム、聖体顕示台《オステンソリオ》が顕示《けんじ》され、その隣《となり》りにミカエリス家が保管《ほかん》する三宇宙四精霊《せいれい》の聖物《せいぶつ》が置かれていた。

箱に入り、封印《ふういん》されたままのそれを、聖樹は見つめる。

それこそはローマ教皇《きょうこう》が作らせ、寵愛《ちょうあい》した枢機卿《すうききょう》たちに与えた物、それが争奪戦《そうだつせん》を巻き起こし、多くの血が流れたため、ミカエリス家の先祖《せんぞ》がローマ教皇から委任《いにん》されて収集し、「銀の薔薇騎士団」を創設《そうせつ》して守ってきた七つの聖宝だった。

月光のピアス、星影《ほしかげ》のブレス、太陽のリング、風のシルフの聖十字、土のグノームの聖剣《せいけん》、水のオンディーヌの聖衣《せいい》、火のサラマンドラの聖冠《せいかん》である。

聖樹自身も、まだ一度も見たことがない。

封印を解《と》くには、聖職者《せいしょくしゃ》の立ち会いが必要とされていた。

「聖別の儀《ぎ》を執《と》り行う」

大司教の言葉で、助祭《じよさい》が聖樹の後ろにまわり、肩からはおっていたプルビアーレを取り去る。

裸になった聖樹に、大司教が歩み寄《よ》り、七回にわたる塗油《とゆ》を行った。

頭上、唇《くちびる》、胸、両肩、腕《うで》のつけ根、脚《あし》のつけ根、両膝《りようひざ》。

それらによって聖樹は、この世から聖別され、神に選ばれた人間となったのだった。

「ミカエリス家次期当主の印《しるし》を与える」

大司教は祭壇に向きなおり、ミカエリス家の紋章《もんしよう》を縫《ぬ》い取ったクッションの上から、銀の指輪を取り上げる。

それを聖樹の小指にはめると、次には祭壇から銀剣《ぎんけん》を取り上げた。

指輪も銀剣も、今の当主が身につけているものと同じ作りだったが、いく分細い。

聖樹は、両腕を左右に広げた。

大司教から銀剣を受けとった司教が、それを革《かわ》のホルダーに納《おさ》め、聖樹の胸に巻きつける。

なめし革のひんやりとした感触《かんしよく》が肩から胸を斜《なな》めに横切り、銀剣を納めたホルダーが小脇《こわき》に下がった。

聖樹は、指輪をつけた片手でそれを押さえる。

長くあこがれてきた次期当主の象徴《しようちよう》を、今、ついに身につけたのだった。

「着衣《ちやくい》を整えなさい」

助祭が持ってきた服を銀剣の上から着て、差し出された手袋をはめ、マントをつける。

大司教は聖樹の手を取り、甲《こう》の上に聖油を垂《た》らして祝福《しゅくふく》した。

「次期当主の座へ」

聖樹は礼拝堂を横切って歩き、用意された次期当主の座に座《すわ》る。助祭が、ミカエリス家の紋章とM、および双頭《そうとう》の鷲《わし》を縫い取ったクッションを持ってきて聖樹の足元に差しこんだ。

大司教が聖体を手にして歩み寄り、聖樹の唇の中にそれを入れる。

「では、宣誓《せんせい》を」

聖樹は、声高らかに、誓《ちか》いの言葉を述《の》べた。

潔癖《けつぺき》で力のこもった声が、礼拝堂内に響《ひび》きわたる。

それを称《たた》えてパイプオルガンの音が流れ、聖歌隊が歌をそえた。

音楽にのって、大司教を始めとする聖職者たちが退場《たいじょう》していく。

聖なる世界は、ここで閉じられるのだった。

聖職者たちが出ていき、ドアが閉まると、高位の騎士たち全員が立ち上がり、列を作って聖樹の前まで移動した。

聖樹は立ち上がり、その一人一人と握手《あくしゅ》を交《か》わし、彼らの手が示《しめ》す階位《かいい》を受けとり、次期総帥の挨拶《あいさつ》を返す。

それが終わると、今度は『銀の薔薇騎士団』の憲章をすべて暗唱《あんしょう》した。

騎士たちがそれを確認し、それぞれにうなずいて聖樹の次期総帥就任《しゅうにん》に賛同《さんどう》する。

全体を見ていた騎士団全体総会議議長がおもむろに立ち上がり、聖樹の前までやってきて厳《おごそ》かに宣誓した。

「騎士団全体総会議は、聖樹・鈴影《すずかげ》に、次期当主および総帥を示すレオンハルトとローゼンハイムの名前を与え、それを名乗ることをここに許可《きょか》するものである。これより聖樹・鈴影は、聖樹・レオンハルト・ローゼンハイム・ミカエリス・鈴影である」

割《わ》れるような拍手《はくしゅ》が起こった。

聖樹は、ほっと息をつく。

これで儀式は、ほぼ終わったといってもよかった。

残るはただ一つ、四誓願《せいがん》の拝領《はいりょう》だけである。

それも質疑応答《しつぎおうとう》などのやり取りはなく、ただマニュアル通りの言葉で受ければよいだけだった。

椅子が並べ替えられ、「最後の晩餐《ばんさん》」と同様の位置に置かれる。

テーブルだけがなかった。

「こちらに」

一人の騎士が聖樹に手を差し伸べ、それを取ってキリストの座る席に導《みちび》いた。

「これより、総帥の秘儀伝授《イニシアシオン》、四誓願の拝領が行われる」

二人の騎士によって正面扉が両開きにされ、そこからヨハンナが姿を現す。

手には、革のバインダーを持っていた。

聖樹は、昨夜のやり取りを思い出す。

いったい何を四誓願として上げてきたのかと考えると、肩に力が入った。

自分を落ち着かせようとして、口の中でつぶやく。

四誓願は、長老派《ゲローン》全体会議にかけられ、そこで決定されるのだ。

無茶な提案など通るはずがない。

「貴女《ダアム》ヨハンナは、次期総帥レオンハルト・ローゼンハイムに四誓願を申し渡すために、ここにまいりました」

そう言ってからヨハンナは身廊《しんろう》を通り、トランセプトの交差部まできて立ち止まった。

おもむろに革のバインダーを開き、そこから一枚の羊皮紙《ようひし》を取り出して自分の目の高さに持ち上げる。

「総帥の秘儀伝授、四誓願の四つの規定《きてい》をこれより申し述べます。その第四規定、精神の高邁《こうまい》さを保《たも》つこと。その第三規定、知的視界を広げ続けること。その第二規定、感情を高貴に保つこと。その第一規定」

そこでいったん言葉を切って、ヨハンナはふっと笑い、聖樹を見た。

「その第一規定、肉体の純潔《じゅんけつ》を保つこと。以上」

聖樹は、目を見開く。

ヨハンナは歩み寄ってきて聖樹の前に立ち、手を伸ばして両頬《りょうほお》を包みこんだ。

そっと唇を寄せ、キスを贈《おく》るふりをしながらささやく。

「私を拒絶《きょぜつ》した罪《つみ》を償《つぐな》わせてやる。これからおまえは生涯《しょうがい》、どんな女も抱けないのです。女の胸で安らぐ夜を持つこともできず、どんな愛も結べず、家庭も作れず、子供も残せず、自分の血の一滴《いってき》すらこの世に留《とど》められずに死んで滅《ほろ》びていくのです。じっくりと苦しむがいい」

すぐそばからこちらを見すえるヨハンナの目は、残忍《ざんにん》な喜びに満ちていた。

信じられない思いでいる聖樹から手を放し、ヨハンナは礼拝堂内の騎士たちに目を配りながら声を張《は》り上げる。

「では次期総師レオンハルト・ローゼンハイム、四誓願に宣誓をしなさい」

聖樹は、息をつめる。

声が出なかった。

「次期総師レオンハルト・ローゼンハイム、宣誓を」

催促《さいそく》されて、ようやくのことで口を開く。

「ただ今、貴女《ダアム》より拝領した四誓願を守ると誓う」

それが、祖先《そせん》の時代から定められている言葉だった。

そう言うしかない。

「これを侵《おか》し、もしくは放棄《ほうき》した時には、総帥位を辞《じ》し、死をもってその償いをすると、ここに宣誓する」

みごとに罠《わな》に落ち、宣誓せざるを得《え》ない立場に追いこまれたことが、無念《むねん》でならなかった。

レオンハルトの名《な》にかけて

聖別式《せいべつしき》と叙任式《じょにんしき》が終わると、聖樹《せいじゅ》は、騎士団《きしだん》全体総会議議長に伴《ともな》われて講堂《こうどう》に向かった。そこに、聖樹と一緒に教練《きょうれん》に参加した生徒たちが、騎士になるために待っているのだった。

「レオンハルト」

歩きながら議長は、気遣《きづか》わしげに聖樹を見た。

「君は、貴女《ダアム》と何かあったのか」

胸をつかれる思いで、聖樹は目を伏《ふ》せる。

「いえ、何も」

聖樹にとって議長は、これまで大人の世界の人間であり、遠い存在だった。

二人きりになるのは初めてで、話しても理解してもらえるかどうかわからない。

「貴女《ダアム》から四誓願《しせいがん》の下案が提出《ていしゅつ》され、長老派《ゲローン》全体会議が招集《しょうしゅう》されたのは、今朝方《けさがた》のことた。私もオブザーバーとして参加した。問題になったのは、第一規定《きてい》だ。厳しすぎるという声が上がった」

ヨハンナの言葉を思い出して聖樹は、頬《ほお》をこわばらせる。

まさに、呪《のろ》いのようだった。

「これまでの四誓願に、このような規定が入れられたことは一度もなかったという意見もあった。だが、次期総帥《じきそうすい》はまだ十代であるゆえに、厳しい規定で言動《げんどう》を制限《せいげん》した方がよいとの発言があり、それまで厳しすぎるとしていた者たちが声をひそめた。それに続いて、こういう意見が出されたのだ。別にめずらしいことではない、カトリックの聖職者《せいしよくしや》は皆《みな》、肉体の純潔《じゆんけつ》を守るよう義務《ぎむ》づけられている、それこそが聖職者が尊敬《そんけい》を集める理由だ。普通の人間には耐えられないことに耐える力を持って自分の職務《しよくむ》に励《はげ》んでいるからだ。その姿が人間を超《こ》えた存在を感じさせる。貴女《ダアム》が総帥にそれを求めるなら、それでいいではないか、我《わ》が総帥は純度を高《た》め、その姿は栄光ある我が騎士団にふさわしくなるだろう。それで皆が納得《なつとく》した」

詭弁《きべん》だと、聖樹は思う。

第一規定は、自分を苦しめるために定められたのだ。

長老派《ゲローン》全体会議は、その詭弁の主《ぬし》に丸めこまれたのだった。

「そうおっしゃったのは、どなたです?」

聖樹がたずねると、議長はこちらに目を向けた。

「それを聞いてどうするね」

目の中には、探《さぐ》るような光があった。

聖樹は考える。

次期総帥および総帥は、長老派全体会議《ゲローン》に参加できない。

そこでどんな話し合いが行われるか、わからない状態にあるのだった。

だが、貴女《ダアム》は参加できる。

自分に忠実な騎士たちを使って、会議を先導することもできるだろう。

ヨハンナを敵にまわした今、それは非常に危険なことだった。

長老派全体会議《ゲローン》の中に、味方がほしい。

議長は、力になってくれるだろうか。

聖樹は足を止め、議長を見る。

「僕は」

そう言いかけてあわてて訂正《ていせい》した。

「私は」

もう聖樹ではなく、レオンハルトだった。

「ミカエリス家と『銀の薔薇《ばら》騎士団』を改革《かいかく》するつもりでいます。旧弊《きゅうへい》を改め、進歩的なものにしていきたい。また閉鎖的《へいさてき》な部分を取りのぞき、社会活動や社会奉仕《ほうし》もできるようにしたい。反対する騎士も多いでしょう。味方がほしいと思っています」

どんな策《さく》も持っておらず、味方もほとんどいない今の状態では、正直に打ち明けるしかなかった。

「私の意見にご賛同《さんどう》いただけるならば、どうか手を貸してください」

祈《いの》るような思いで、議長の顔を見つめる。

議長は目を伏《ふ》せ、しばらく考えていたが、やがてきっぱりとした視線をこちらに向けた。

「いいだろう」

微笑《ほほえ》んで右手を差し出す。

聖樹がそれを握《にぎ》りしめると、その指で階位《かいい》を示《しめ》した。

総帥から数えて八番目、「伝統《でんとう》の騎士」だった。

それを受けて聖樹は、総帥位を示す握手を返す。

議長はわずかに膝《ひざ》を曲げ、身を低くして敬意《けいい》を表してから言った。

「最初の発言をした人間は、『聖都《カドッシュ》の騎士』ノロイ・アクスクーだ」

それは、ラ・ルリジオンの叔父《おじ》だった。

騎士団の中では上から三番目の階位を持つ騎士で、ミカエリス家にもっとも近い。

「アクスクーは、私と同じくオブザーバーとしての参加だから、発言権《はつげんけん》はあるが議決権《ぎけつけん》はない。しかし長老《ゲローン》派の中には、彼の息のかかった人間がたくさん入っている。第二の発言も、彼の一派《いっぱ》だろう。貴女《ダアム》ともつながっていると私は確信している。今回のことは、おそらく貴女《ダアム》がアクスクーに依頼《いらい》し、彼が自分の派閥を動かして決議《けつぎ》に持ちこんだのだ」

聖樹は、驚きを隠せない。

ヨハンナを慕《した》う騎士たちがその周りに徒党《ととう》を組んでいることは聞いていたが、それに、騎士団中枢部《ちゅうすうぶ》に位置するラ・ルリジオンの叔父が手を貸しているとは思わなかった。

「彼らは私利私欲《しりしよく》のために結託《けったく》し、勢力《せいりょく》を拡大《かくだい》している。この騎士団は腐敗《ふはい》しつつあるのだ」

父は、知っているのだろうか。

そう考えながら、孤独《こどく》の影《かげ》を浮かべていた父の横顔を思い出す。

自分の弟の背信《はいしん》を、知っているのかもしれなかった・・・。

「粛清《しゅくせい》してほしい、若きレオンハルト、あなたに期待している」

はっきりと言われて、聖樹は姿勢《しせい》を正す。

「了解《りょうかい》しました。レオンハルトの名前と名誉《めいよ》にかけて、必ず」

逃亡《とうぼう》か⁉

講堂《こうどう》のドアを開けると、すでに生徒たちが集まっているらしく、ざわめいた空気が伝わってきた。

「こちらへ」

議長の案内で、脇《わき》の通路から控室《ひかえしつ》に入り、そこでミカエリス家次期当主《じきとうしゅ》の大礼装《だいれいそう》、および「銀の薔薇騎士団《ばらきしだん》」次期総帥《そうすい》の第一級正式軍装《ぐんそう》にあたる衣服を受けとる。

燃え上がるような緋色《ひいろ》に、金糸《きんし》で双頭《そうとう》の鷲《わし》とミカエリス家の紋章《もんしょう》、およびMを縫《ぬ》い取った軍服《ぐんぷく》と、白い鹿革《しかがわ》のズボン、膝下《ひざした》まである軍靴《ぐんか》、白い子羊の手袋、象牙《ぞうげ》の握《にぎ》りのついた紫檀《したん》の指揮棒《しきぼう》だった。

「お着替えください」

二人の騎士が入ってきて、着替えを手伝う。

聖樹《せいじゅ》は服を脱《ぬ》いで一人の騎士に渡し、もう一人から軍服を受けとった。

教練中《きょうれんちゅう》には、何度となく身体測定《しんたいそくてい》があった。

その最終サイズで作ったらしく、下着一枚も着られないほど体にピッタリと合っていた。脇《わき》につった銀剣《ぎんけん》のふくらみが、はっきりとわかる。襟《えり》は金の立ち襟で、全体としてカッチリとしており、まるで鎧《よろい》でも着たかのような感覚だった。


気持ちが引きしまる。

鏡の前に立つと、胸部《きょうぶ》に施《ほどこ》された金の刺繍《ししゅう》が光を反射し、まぶしいほどだった。

聖樹は、目を細める。

父が着ていた総帥の服は、地が漆黒《しっこく》だった。

それに比べると次期総帥の服は華《はな》やかすぎて、なんだか気恥《きは》ずかしい。

「ずいぶん派手《はで》だな」

そう言うと、二人の騎士が微笑《ほほえ》んだ。

「素晴《すば》らしくお似合いです」

「かつてないほど。お美しい次期総帥です」

ドアをノックする音が響《ひび》き、連絡の騎士が顔を出す。

「次期総帥閣下《かっか》、奥様の病状は落ちつかれたとのことです。主治医《しゅじい》からご報告《ほうこく》するようにと」

聖樹は、ほっと息をついた。

「ありがとう」

心の重荷《おもに》が一つ、消えたような気分だった。


「では」

議長が指揮棒を渡す。

「まいりましょう」

聖樹は指揮棒を握り、議長に続いて控室を出た。

会場の脇に設《もう》けられたドアの前で待機《たいき》する。

やがてそれが両開きにされ、その向こうに演壇《えんだん》と、生徒たちが座《すわ》っているすり鉢状《ばちじょう》の雛段《ひなだん》が見えた。

「出御願《しゅつぎょ》います」

聖樹にそう言ってから議長は、生徒たちに向かって声を張《は》り上げる。

「次期総帥レオンハルト・ローゼンハイム閣下に、敬礼《けいれい》っ！」

生徒たちはいっせいに立ち上がり、カチリと踵《かかと》を鳴らして姿勢《しせい》を正しながら右腕《みぎうで》を前に出し、掌《てのひら》を上に向けて体に引きよせると、小指側を胸に当てて水平に保《たも》った。

そこから上方に一気に突《つ》き出し、直後に下ろして目の前に斜《なな》めに掲《かか》げ、敬礼の姿勢を取る。

会場を揺《ゆ》るがすような大声が響きわたった。

「ヤーッ！」

　聖樹は、演壇に進み出る。

　その左右に置かれた旗標《きひょう》に飾《かざ》られているミカエリス家の旗と、「銀の薔薇騎士団」の軍旗《ぐんき》に敬意《けいい》を表し、口づけてから、演壇についた。

　指揮棒をその上に置き、両手をついて、半円状に広がる座席に座っている生徒たちを見まわす。

　思えば十一年前、自分もまたあの席に座っていたのだった。

　闘志《とうし》を秘《ひ》め、希望に満ちて父の姿をながめていた。

　今、自分が父と同じ位置に立って考えることは、ここにいる者たちと力を合わせてこの家、この騎士団を浄化《じょうか》し、進化させていきたいということだった。

　演壇の上には、講堂に集まっている生徒たちの名前を記した名簿《めいぼ》が置かれている。

　その名前の一つ一つに、新しく叙任《じょにん》されることになる騎士位が書きそえられていた。

　聖樹は表紙をめくり、名前を読み上げる。

「アデルボルン・ロストクを、『記録《きろく》の騎士』に任命《にんめい》する」

　会場のどこかで、返事が上がった。

「アルゼン・アパルトを『領土《りょうど》の騎士』に任命する。ババリア・ベルノを『時計の騎士』に任命する」

その次の名前を読もうとして、聖樹はふと視線を止める。

火狩遼《かがりりよう》だった。

思わず顔を上げ、その姿を探す。

ただ一人、日本から来ている生徒で、以前から近親感《しんきんかん》を抱《いだ》いていた。

一緒になったのは、十三歳の時の集団教練で、それもちょっとだけだったが、教官にも評判がよく、すぐれた身体機能《しんたいきのう》を持っており、「菩提樹下《ぼだいじゅか》の三人」に選ばれるのではないかという噂《うわさ》もあったほどだった。

「遼・火狩を、霊智《グノーシス》の騎士に任命する」

そう言うと、会場の隅《すみ》で火狩のしなやかな長身が立ち上がり、直立して敬礼した。

「ヤァー」

聖樹は微笑み、うなずく。

火狩も、微笑んだように見えた。

次の名前を読み上げつつ、聖樹は、ラ・ルリジオンとリーザを思う。

二人の名前が名簿からもれていたことについての返事は、いまだになかった。

意向通りにしてもらえているだろうとは思うものの、確信《かくしん》が持てない。

次々と名前を呼びながら聖樹は、会場を見まわした。

二人の姿は、見当たらない。

生徒たち全員が参集しているここに姿がないのは不自然だった。

「チューリヒ・ザクトガレンを『未来の騎士』に任命する」

Zから始まるその名前が、名簿の最後になっていた。

「以上の者たちを、私の騎士団直属の騎士とする。『銀の薔薇騎士団』の栄光を担《にな》う一員として、次期総帥の私に力を貸してほしい」

新しい騎士たちは、喉《のど》も裂《さ》けそうなほどの大声で叫《さけ》んだ。

「わが命のある限《かぎ》り、総帥レオンハルトに仕《つか》えることをここに誓《ちか》います」

その時、講堂の後ろのドアが開き、リーザが入ってくるのが見えた。

聖樹は思わず身を乗り出す。

ようやくその姿を見ることができて、ほっとした。

だがリーザは、会場に一歩踏《ふ》みこんだきり、動かない。

放心したようにこちらを見ていた。

何かあったのだと、聖樹は感じる。

相変わらずラ・ルリジオンの姿はなかった。

再びドアが開き、入ってきた二人の騎士がリーザを左右から取り囲む。

何事かを話しかけ、一緒に外に出ていきかけた。

ドアのそばでリーザは一瞬《いっしゅん》振り返り、黒いその瞳《ひとみ》を聖樹に向けた。

まるで別れを告《つ》げるかのような眼差《まなざし》だった。

すぐに背を向け、ドアの向こうに姿を消す。

追いかけたかったが、壇上で多くの新騎士たちを相手にしている立場では、どうすることもできなかった。

わき上がる不安を必死で押し殺し、聖樹は、何とか式典を終える。

演壇を下り、後ろのドアから控室に入るやいなや、すぐさま飛び出していこうとして、議長に止められた。

「騎士たちが全員退場《たいじょう》するまで、うろついてはいけない」

聖樹は、奥歯をかみしめる。

「では誰《だれ》かをやって、リーザ・オルデンブルクをここに連れてきてください。ラ・ルリジオンも、今すぐ！」

リーザは、豪胆《ごうたん》な男だった。

たいがいのことは、眉《まゆ》一本動かさずにやってのける。

虎《とら》試合の時も、平然《へいぜん》としていたとの噂《うわさ》だった。

その男が、放心していたのだ。

いったい何があったのかと考えて、聖樹はいらいらと控室の中を歩きまわった。

「リーザ・オルデンブルクは」

ドアが開き、二人の騎士が相次《あいつ》いで飛びこんでくる。

「どこにも姿が見えないとのことです。ラ・ルリジオン・フォン・ミカエリスも、同様です」

「今は次期総帥選出《せんしゅつ》の特別な時期。敷地内から出ることは許されません。逃亡《とうぼう》としての扱《あつか》いに切り替えますか」

聖樹は、目を見開く。

逃亡・・・そんなことがありうるだろうか。

いったい何のために、彼らがそんなことをするのだ。

「ご指示《しじ》ください」

二人と約束した、いつまでも一緒だと。

決して離れることなく、家と騎士団の未来のために力をつくそうと。

三人で約束した！

「次期総帥、ご指示ください」

大声で言われて目を向けると、指示を待つ騎士たちの顔には、いらだちが見えた。

的確《てきかく》に命令を出せない若い次期総帥に、いらだっている。

聖樹は、あわてて記憶《きおく》を探り、「銀の薔薇騎士団」憲章《けんしょう》の該当《がいとう》ページを思い浮かべた。

騎士たちの所在《しょざい》が不明になった場合の扱い方の中から、一番軽いものを選び出す。

「これは事故だ。召集《しょうしゅう》命令でいい。二人に緊急《きんきゅう》召集をかけろ」

騎士たちは姿勢を正し、敬礼してあわただしく飛び出していった。
聖樹は十字を切る。
固く両手を握り合わせて、祈《いの》った。
見つかってほしい。
本当に事故《じこ》か、誤解《ごかい》であってほしい。
ふいに二人で姿を現して、これって冗談《じょうだん》だったんだぜと、笑ってくれ。

嘘《うそ》を本当《ほんとう》にする力《ちから》

「次期総帥閣下《じきそうすいかっか》」

ドアをたたかれ、大声で呼ばれて聖樹《せいじゅ》は目を覚ました。

緊急召集《きんきゅうしょうしゅう》の結果報告《ほうこく》は、二時間おきに入ってくる。

見つかってほしいと祈《いの》りながらそれを待っていて、先ほどソファに横になったばかりだった。

「閣下、起きてください」

飛び起きて、ドアに駆《か》け寄《よ》る。

「ああ閣下、ただいま病院より連絡が入り、奥様が、もう二日も息子《むすこ》の顔を見ていないから家に帰ると言い張《は》っておられるとか。ラ・ルリジオン様は、相変わらず発見できていません。閣下にお伝えした方がよろしいかと」

聖樹はうなずいた。

「わかった。私が行ってみる。車の用意を」

急いで着替え、部屋を出ると、廊下《ろうか》で連絡の騎士《きし》とすれ違った。

「次期総帥」

聖樹は、足を止めずに通り過《す》ぎる。

背中で声がした。

「報告いたします。本日六時現在、二名は発見できておりません」

「ごくろう」

車に乗りこみ、病院に向かう。

前に一台、先導《せんどう》の車が走り、後ろに二台、また両脇《りょうわき》にオートバイが警備《けいび》についた。

聖樹は組んだ両腕《りょううで》の下で、拳《こぶし》を握《にぎ》りしめる。

ラ・ルリジオンもリーザも、いったいどこに行ったのか。

特にラ・ルリジオンは、自分の母の病状を知っているはずだった。

拳に力をこめ、腱《けん》を鳴らしながら、ふと思う。

これは、果《は》たして二人の意思なのか。

違うかもしれない。

議長から聞いた言葉が思い出された。

『彼らは結託《けつたく》し、私利私欲《しりしよく》に走っている。この騎士団は腐敗《ふはい》しつつあるのだ』

裏で、何かが動いているのか⁉

「次期総帥、お待ちしていました。こちらです」

入院棟《とう》の玄関《げんかん》に出ていた医長と医師《いし》、看護師《かんごし》たちに取り囲まれて母の病室に向かう。

「病状は？」

聖樹が聞くと、医長はわずかに眉《まゆ》を寄せた。

「一進一退《いっしんいったい》といったところです。ラ・ルリジオン様がお見えにならなくなってからは、あまりお眠りにならず、悪化《あっか》の一途《いっと》をたどっています。生きる希望が必要なのです」

それは、わかりすぎるほどわかっていることだった。

「全力をつくしていますが、絶望的な状況であることは事実です」

聖樹は声を鋭《するど》くする。

「それは、死に向かっているということですか」

医長は、病室のドアを開けながら答えた。

「そうです」

衝立《ついたて》の向こうで母の声が上がる。

「ラ・ル、来てくれたの？」

聖樹は立ちすくんだ。

この衝立から自分が顔を出せば、母はどれほどがっかりするだろう。

それを見るのが、つらかった。

「さ、ラ・ル、こちらに来て。早く来てください」

しかたなく、衝立の脇から踏《ふ》み出す。

母の目が聖樹をとらえ、一瞬《いっしゅん》、凍《こお》りついたように動かなくなった。

「ああ、聖樹なの」

ゆっくりとそう言って、力なく微笑《ほほえ》む。

「来てくれてありがとう」

はかなげなその顔を見ていると、心の底から母を慕《した》う気持ちがあふれてきて、胸に満ちた。たとえ母にとって自分が、我《わ》が子ラ・ルリジオンの代わりであったとしても、自分にとって母が、愛すべき、大切な存在であることに変わりはない。

これは自分の、ただ一人の母なのだった。

母は目を衝立の方に向け、探し求めるように一心に見つめた。

「ラ・ルは？」

「どこにいるの。もしかして来ていないの。もう二日も会ってないわ。どうして来ないの。もしかしてまたヨハンナ様がじゃまをしているの。あの方は、今までずっとそうだった。いつもいつも私からラ・ルを取り上げて、まるでご自分が母親であるかのようにふるまって。あの方は、私に当てつけをしているのです。子供だけでなく・・・。もういいわ。私の方から会いにいきます」

興奮し、声をとがらせる母のベッドに、聖樹は歩み寄り、そばにあった椅子《いす》を引き寄せて腰《こし》かけた。

「母様《かあさま》」

組んだ両腕を母の枕元に下ろし、その顔をのぞきこみながら微笑む。

人差し指と中指でこっそりと十字を作り、神よ許したまえとつぶやいた。

「心配いりません。ラ・ルがここに来られないのは、今この国にいないからです。準備をしているのです」

その場しのぎの嘘《うそ》をつこうとしている自分が信じられなかった。

「何の準備だと思いますか。母様を日本に連れていく準備です。ついに父様《とうさま》が、それをお許しになったのです」

母の頬《ほお》がさっと紅潮《こうちょう》し、ピンクに染まる。

その目に、見る間に涙がふくらみ、きらめいて目尻《めじり》からこぼれ落ちた。

「本当ですか。ラ・ルが頼《たの》んでくれたのね」

聖樹はうなずく。

「そうです。だから今しばらくお待ちください」

そう言いながら、ふっと考えた。

この嘘を、真実にできたら・・・。

その思いが、火のように心の中に広がっていく。

そのことしか考えられなくなっていき、強い願いは、少しずつ強い意思へと変貌《へんぼう》した。

喜ぶ母の顔を、もっと、もっと見たい！

真実にしてみせる!!

「日本に行けるのね」

聖樹は、母の頬を指先でつつく。

昔、母がよく聖樹にそうしたように。

「その時は、ご病気ではいけませんよ。治《なお》しておかなければ、長い旅ができません。いいですか。治らないと、日本に行けないのですよ」

母は、まるで少女のように顔を輝《かがや》かせた。

「治します。きっと治します。だから連れていってください。ラ・ルに伝えて。きっと治すから、早く迎えにきてくださいと」

そう言いながらふうっと目を閉じ、そのまま動かなくなった。

「お休みになったのでしょう」

医長が枕元に下がっている点滴《てんてき》の速度を調整する。

「催眠剤《さいみんざい》を入れてありますから」

聖樹は立ち上がった。

父に交渉《こうしょう》し、母の帰国を許可《きょか》してもらうのだ。

部屋の外に出ながら、そこに控《ひか》えていた騎士に命《めい》じる。

「これから館に戻り、総帥《そうすい》にお会いする。すぐアポを取れ」

騎士が携帯《けいたい》電話を出し、連絡を始めるのを見ながらその脇を通りすぎた。

父は、許すだろうか。

もし拒絶《きょぜつ》されたら、どう出ればいいのだろう。

父を動かすことのできる、どんな手があるだろうか。

聖樹にとって、父は大きすぎる存在だった。

どう考えてみても、策《さく》は思いつかない。

となれば、ここは正直に話し、懇願《こんがん》するしかなかった。

病院の玄関前に待機《たいき》していた車に乗りこむ。

しばらく走ると、やがて自動車電話が鳴った。

聖樹の隣《とな》りに乗っていた騎士が出て、言葉少なく応対《おうたい》し、電話を切る。

「アポは取れました。館にお帰りになったらすぐ、総帥のお部屋にいらしてください。もう一件、召集《しょうしゅう》をかけた二人のうち、リーザが見つかったようです」

聖樹は、ほっと息をついた。

両手で髪をかき上げながら、背もたれに寄りかかる。

「見つかった時の状態は？」

これで真相《しんそう》がわかると思いながら聞くと、騎士は、納得《なっとく》できないといったような表情になった。

「それが、自分の部屋に戻っていたようで、そこから出てきたところを見つけたそうです。召集をかけると、逆らう様子もなく、ごく普通だったとか」

まるで、この騒《さわ》ぎが誤解《ごかい》か、早とちりであったかのようなあっけなさだった。

「リーザにお会いになりますか」

聖樹はうなずく。

「玄関で待たせておいてくれ。総帥の部屋に行く前に会う」

崩壊《ほうかい》の音《おと》

車は、玄関《げんかん》前の車寄《よ》せに入る。

開けられたドアから踏《ふ》み出すと、玄関の脇《わき》に立っているリーザの姿が見えた。

聖樹《せいじゅ》は歩み寄って、その肩をたたく。

「心配してたよ。今までどこにいたんだ」

リーザは、目をそむけた。

黙《だま》ったまま、答えない。

聖樹は、語気《ごき》を強めた。

「何をしてたんだ」

リーザは大きな息をついた。

「言えない」

聖樹は、目を見開く。

そんなことを言われるのは、初めてだった。

つらい教練《きょうれん》の間、何でも打ち明け合ってきたのではなかったか。

聖樹はリーザの両肩《りょうかた》をつかみ、自分の方に向かせた。

「何があった？」

その顔を無理矢理のぞきこんで、驚く。

リーザの瞳《ひとみ》に、恐怖《きょうふ》が浮かんでいた。

何かにおびえているのだった。

「菩提樹下《ぼだいじゅか》の三人」であるリーザ、最強の三人の一人であったはずのリーザが、小動物のようにおびえるなどとは考えられないことだった。

「何があったんだ」

問い質《ただ》す聖樹に、リーザは再び横を向いた。

頑《がん》として口を閉ざし、答えない。

周りにいた騎士《きし》の一人が口を開く。

「次期総帥《じきそうすい》、ご面会の時間が過《す》ぎます」

聖樹は舌打《したう》ちしたい気分でリーザから手を放した。

玄関へと向かいながら振《ふ》り返る。

「約束は守るのか。私の側近《そっきん》になる気は、まだあるのか」

リーザは、苦しげな表情でこちらを見た。

「むろんだ。おまえのそばにつくつもりでいる」

それを聞いて、いささか気持ちがゆるんだ。

何があったにせよ、リーザの心は変わっていない、自分たちは一緒に歩いていけるのだと感じて、うれしかった。

今は話せないというのなら、そのうちに聞けばいい。

そんな気になった。

「じゃ、一緒に来てくれ」

すぐ駆《か》け寄ってきたリーザに、聖樹は歩き出しながらたずねる。

「ラ・ルはどうした。母が会いたがっている。一緒じゃなかったのか」

リーザは、またも苦しげな顔つきになった。

「一緒じゃない。彼のことは、全然わからないんだ」

視線が落ち着きなくあたりをさまよっているのは、嘘《うそ》だからだろう。

歩きながら聖樹は、孤独《こどく》をかみしめる。

講堂《こうどう》に遅れて入ってきたリーザが、別れを告《つ》げるかのような眼差《まなざし》を送ってきたことが思い出された。

あの時、本当にリーザは、これまでの自分たちに別れを告げていたのかもしれない。

「当主《とうしゅ》、および総帥閣下」

父の部屋の扉をノックした騎士が、室内に向かって声を張《は》り上げた。

「次期当主、および次期総帥閣下がお見えになりました」

つらい教練を一緒に体験し、心に染《し》みこむような青の礼拝堂《れいはいどう》でその結果を知らされ、それでもいつまでも一緒だと誓《ちか》い合ったあの日は、もう戻ってこないのだろうか。

自分たちは、決定的に別れてしまったのか。

「お入りください」

音を立てて扉が開く。

貴賓《きひん》通行用に両開きにされたそれを入ると、扉を開けていた二人の騎士が敬礼《けいれい》した。

目の前には、うす暗いいくつかの部屋が奥に向かって並んでいる。

すべての扉は、開け放されていた。

「執務室《しつむしつ》におられます」

騎士に言われて、聖樹はうなずき、足早に各部屋を通りすぎた。

突き当たりから二つ目の部屋まで来て、父を見つける。

窓辺に置かれた樫材《かしざい》の、古く大きな机に向かっていた。

歩み寄っていくと、そばに立っていた騎士が敬意《けいい》を表しながら後ろに下がった。

聖樹は、父の机の脇《わき》に立ち止まる。

「父様《とうさま》、今、母様《かあさま》を見舞《みま》ってきました」

父は、手を休めない。

「かなりお悪いとのことです。それで、お願いがあってまいりました。母様を日本に連れていく許可をいただきたく思います」

父はサインを終えた書類を既決箱《きけつばこ》の中に投げこみながら、もう一方の手で次の書類を取った。

「だめだ」

聖樹は、思わず身を乗り出す。

「しかし父様、母様の願いを叶《かな》えてさしあげることが病気を治《なお》す一番の方法かと」

「だめだ」

押しかぶせるように言って、父は書類に視線を落とした。

「日本の親族《しんぞく》は、結婚に反対だった。家出同然《どうぜん》にしてドイツに来たのだ。病身《びょうしん》となって今さら帰国すれば、ミカエリス家の責任《せきにん》が問われる。我《わ》が家《や》のスキャンダルを追っているゴシップ誌も多い。ミカエリスの名前を傷《きず》つけることはできない」

聖樹は机に両手を突き、父の顔をのぞきこんだ。

「母様は、もう長くは生きられないかもしれません。その願いを叶えてさしあげてください」

父はわずかに息をつき、羽根ペンを取り上げる。

「個人より家名《かめい》が優先する。それが我が家の慣例《かんれい》だ。お前も次期当主なら、弁《わきま》えておきなさい。一つの家を存続《そんぞく》させていくということは、その家の全員が家のために我が身を犠牲《ぎせい》にする覚悟《かくご》を持たなければできないほど大変なことなのだ。ヨーロッパを見なさい。いかに多くの家が滅《ほろ》びていったことか。メディチ家しかり、ブルボン家しかり、ハプスブルク家しかり。それはすべて、当主が心身《しんしん》の自己練磨《じこれんま》を怠《おこた》ったり、自分の幸福を追求したりした結果なのだ。中世に興《おこ》って今もなお存在しているのは、ヨーロッパの数多い家々の中でもたった二家、我がミカエリス家と、フランスのアルディ家だけだ」

扉から騎士が顔を出す。

「引見《いんけん》のお時間でございます。ただ今、バイエルンのミュールハウゼン様がご到着《とうちゃく》になりました。これで『客待ちの間』でお待ちのお客様は、八名でございます」

父は書類のサインを終えて立ち上がった。

「父様、お願いです」

聖樹は声を上げたが、父は無言のまま背を向け、部屋を出ていこうとした。

聖樹は、つめ寄る。

「どうか、お願いします」

父は、静かな目でこちらを見た。

「この家のすべての者は、家のためにつくす義務《ぎむ》を持つ。当主である私も、妻も、そしておまえもだ」

言いおいて出ていこうとする父を追おうとして、聖樹はリーザに二の腕をつかまれた。

「無駄《むだ》だ。やめておけ」

父の姿は、部屋の向こうに遠ざかっていき、やがて廊下《ろうか》に消える。

聖樹は、大声を上げた。

「私が当主になったら、その慣例を変えます。必ず変える」

息が荒《あら》くなるほどの声で叫《さけ》んで、脇の壁に片手をたたきつけた。

必ず変える！

だがそれまで、母の命はもつのだろうか。

「ご報告申し上げます」

騎士がつかつかと歩み寄ってくる。

「本日八時現在、ラ・ルリジオン・フォン・ミカエリスはまだ発見できておりません」

聖樹は、いらだつ心をなだめながら口を開いた。

「今後の報告は、見つかった時だけでいい」

騎士は敬礼し、引き返していく。

その直後、中庭で大きな爆発音《ばくはつおん》が上がった。

吃驚《きっきょう》の声が続く。

「なんだ？」

リーザが窓に飛びついた。

「ああ、こっち側じゃないな。ちょっと見てくる。聖樹、ここにいろ」

部屋から飛び出していこうとした時、廊下の方から騎士が駆けこんできた。

「『エルムの中庭』で爆発です。総帥が巻きこまれました」

聖樹は、はじかれたように廊下に走り出る。

瞬間《しゅんかん》、背後で爆音が上がった。

背中に爆風を感じるのと、後ろからリーザが飛びついてきて、その広い胸の中に包みこむのが同時だった。

一緒に吹き飛ばされ、廊下の手すりに激突《げきとつ》する。

「おい、しっかりしろ」

そう言われて目を開ければ、額《ひたい》から血を流しているリーザの顔がすぐそばにあった。

目の前の手すりにも、血と髪がこびりついている。

かばってくれたのだとわかって、リーザの本心をかいま見る思いがした。

リーザに何かが起こったことは、間違いない。

だがその気持ちは、変わっていないのだ。

聖樹は、自分の手の下にあったリーザの手を、しっかりと握《にぎ》りしめる。

あの日の約束通り、ともに進んでいくことができそうな気がした。

「ひどい顔だ。ふけよ」

ポケットからハンカチを出してリーザに渡しながら振り返ると、今、出てきたばかりの執務室から煙《けむり》が吹き出し、立ち上がった炎《ほのお》がカーテンをなめているところだった。

「おまえも、唇《くちびる》、ひでぇぞ」

リーザに言われて、聖樹は手を上げ、その甲《こう》で口元をぬぐう。

べっとりと血がついてきた。

その手を拳《こぶし》に握りしめる。

なんだ、これは。

「次期総帥、大丈夫ですか」

騎士たちが駆け寄ってくる。

「すぐ消火を」

命《めい》じて立ち上がり、聖樹は回廊《かいろう》を曲がって中庭への階段を駆け下りた。

泉水《いずみ》のほとりに、人だかりができている。

後ろからついてきていたリーザが素早《すばや》く駆け寄って押し分け、目で聖樹を招《まね》いた。

息をつめながら歩み寄る。

血にまみれて倒《たお》れている父が見えた。

「父様、気を確かに」

片膝《かたひざ》をついて胸に抱《かか》え上げると、父は一瞬、聖樹に目を上げた。

苦しげな息をつきながら、吐《は》き出すようにつぶやく。

「陰謀《いんぼう》だ。気をつけろ」

ほんのかすかな、ため息のようにかすれた声だった。

あわただしい音を立ててストレッチャーが運びこまれてくる。

その上に移される父を見ながら、聖樹は立ち上がり、周りにいる騎士たちを見まわした。

「門を閉《と》ざし、館を封鎖《ふうさ》しろ。病院につきそう者以外、誰《だれ》も外に出すな。これは、総帥暗殺《あんさつ》未《み》遂《すい》だ。すぐ調査を始める」

裏《うら》でうごめくもの

「エルムの中庭」は、本棟《ほんとう》のほぼ中央部にある。

四角い庭で、回廊《かいろう》に取り囲まれ、その外側にあるのは客室のみだった。

爆発《ばくはつ》は、客室に行こうとした当主《とうしゅ》が回廊を通りかかった時に起きた。

聖樹《せいじゅ》は、漆喰《しっくい》やガラスの破片《はへん》の中を歩きまわる。

「これだな」

リーザが片手を開き、集めた黄色の陶器《とうき》の破片を見せた。

「回廊の四方の隅《すみ》に置いてある飾《かざ》り花鉢《はなばち》だ」

目をやれば、被害《ひがい》のなかった回廊の三方の角にも、同じ色の巨大な花鉢が置かれていた。

「底が深くてのぞきこんでも見えない上に、破片が飛び散《ち》りやすい。爆発物を仕掛《しか》けるには、ピッタリだ」

聖樹はうなずき、階段を駆《か》け上がって執務室《しつむしつ》に戻る。

一番ひどく焼けこげ、破壊されていたのは暖炉《だんろ》の上あたりで、そこには確か花瓶《かびん》が置かれていたはずだった。

回廊はもちろん、当主の執務室にも、多くの人間が出入りする。

外部の人間については厳しいチェックがなされていたし、正面扉には二人の警護《けいご》が立っていたが、内部の人間や使用人の出入りは無制限《むせいげん》だった。

花鉢や花瓶の中に爆発物を入れることは、難しいことではない。

「おまえ、ここに来る前にアポを取ったよな」

リーザがいまいましげに、焼けただれた室内を見まわす。

「つまり、当主とおまえがこの時間にこの部屋にいることは、多くの人間に知られていたんだ。二人一緒に吹き飛ばすつもりだったんだろう。誤差《ごさ》を予想《よそう》して、回廊にも仕掛ておいたってところだ。総帥《そうすい》やおまえをやろうと思ったら、爆発物か銃《じゅう》しかない。暗殺者《あんさつしゃ》を雇《やと》ったとしても、おまえたちの方が身体能力《しんたいのうりょく》が勝《まさ》っているから、襲《おそ》っても逆にやられるだけだし、毒《どく》にも体を慣《な》らしてある。暗殺方法は、爆発物か銃だけなんだ。これを知っている時点で、犯人は内部事情にくわしいヤツだ。爆発物と銃なら、どちらが簡単で確実かは子供でもわかる。爆発物だ。銃じゃ、誰《だれ》かがどこかにひそんでいなければならないからな。館の中では、目立ちすぎる」

総帥と次期《じき》総帥が一度にいなくなれば、後を継《つ》ぐのは誰なのか。

聖樹は、「銀の薔薇騎士団《ばらきしだん》」憲章《けんしょう》を思い出す。

総帥と次期総帥が同時に没《ぼっ》した場合、もしくは次期総帥が選出《せんしゅつ》されていない時点で総帥が没した場合、緊急措置《きんきゅうそち》として、一族の中でミカエリス家に一番近い血筋《ちすじ》の者が総帥位、その次の者が次期総帥位に就《つ》くことになっていた。

その後、総帥選抜教練《せんばつきょうれん》を行い、正式な総帥と次期総帥を選出する。

だが教練には、十年前後がかかるのだ。

それまでは、その二人がミカエリスと「銀の薔薇騎士団」を統括《とうかつ》するのだった。

ミカエリス本家の嫡男《ちゃくなん》はラ・ルリジオンで、彼が一番濃《こ》い血を持っている。

しかし彼は今、姿を消していた。

彼に次《つ》いで直系に最も近いのは、その弟たちだったが、まだ幼《おさな》すぎて年齢《ねんれい》的に該当《がいとう》しない。

そうなると後継者《こうけいしゃ》は、ラ・ルリジオンの叔父《おじ》である「聖都の騎士《カドツシユ》」ノロイ・アクスクーだった。

その息子《むすこ》ジークフリートは聖樹と同い年で、今回の次期当主選抜教練に参加していたが、「菩提樹下《ぼだいじゅか》の三人」には選ばれていない。

自分の息子が次期当主になれるとの期待を抱《いだ》いていたアクスクーが、それに敗《やぶ》れ、一気《いっき》に権力を掌握《しょうあく》しようとして企《たくら》んだということは、ありうることだった。

騎士団全体総会議議長も、それらしいことを言っていたのではなかったか。

ラ・ルリジオンの行方《ゆくえ》が知れないのも、アクスクーの仕業《しわざ》かもしれなかった。

聖樹は、片手を上げる。

即《そく》、一人の騎士が駆《か》け寄《よ》ってきて、床に片膝《かたひざ》をついた。

「ラ・ルリジオンの捜索《そうさく》を、緊急手配に切り替《か》えろ。今までの態勢《たいせい》の倍をつぎこめ。徹底的《てっていてき》に探すんだ」

飛び出していく騎士の足音を聞きながら、聖樹は荒《あ》れた部屋の中を見まわす。

とにかく証拠《しょうこ》を上げることだ。

はっきりさせて、糾弾《きゅうだん》してやる。

再び片手を上げると、待機《たいき》していた別の騎士が飛んできた。

「この事件に関して、調査委員会を発足《ほっそく》させる。保安院委員長を呼べ」

委員長は、すぐさまやってきた。

八十歳に手が届きそうなほどの老人だったが、調査委員会を発足させることには大いに賛同《さんどう》を示《しめ》した。

だが、その先の話は、聖樹を歯ぎしりさせるようなものだった。

「総帥の一身上《いっしんじょう》に関する調査委員会を招集《しょうしゅう》する場合、規定《きてい》では、高位《こうい》の騎士がその階位《かいい》の順番にそって主宰《しゅさい》し、調査委員会の構成員となります。現在、第一の地位にある騎士は病気療養中《りょうようちゅう》ですので、第二の地位にある『聖都の騎士《カドッシュ》』を主宰者とする調査委員会が成立することになります」

それでは、容疑者《ようぎしゃ》に現場の捜索《そうさく》を任《まか》せるも同然だった。

調査委員会からアクスクーを排除《はいじょ》しておかなければ、信用できる調査にはならない。

だが現時点では証拠がなく、彼を排除するだけの理由をつけることができなかった。

「事件は、この館で、つまり騎士団内部で起こっている」

聖樹は、アクスクーを主宰とする調査委員会の発足をなんとか阻《はば》もうとした。

「内部の誰かの手による犯行《はんこう》ということもありうる。こういう場合は、騎士団以外の誰か、外部の第三者による調査委員会を発足させるべきだ。そうは思わないか」

委員長は、深くうなずいた。

「誠に、次期総帥のおっしゃることはごもっともです。しかし我《わ》が騎士団には、そういう規定はなく、機構《きこう》も存在しておりません。逆に言えば、高位の騎士による調査委員会を発足させるという規定だけが存在するのです。これに従《したが》わねばなりません」

聖樹は、舌打《したう》ちしそうになる。

閉鎖的《へいさてき》な組織であるがゆえの、弊害《へいがい》だった。

「さっそく取りかかります。警察への連絡は、これまでと同様にいたしません。よろしいですね」

聖樹はうなずき、出ていく委員長を見送った。

調査委員会には、期待できない。

では、どうするのか。

「ご報告いたします」

ドアが開き、騎士が駆けこんでくる。

「総師は、ただいま集中治療室《ちりょうしつ》に入られました。脳神経外科《のうしんけいげか》専用のNCUです。しかし頭部の損傷《そんしょう》がはなはだしく、意識が回復する見通しは絶望的《ぜつぼうてき》とのこと」

聖樹は息を呑《の》んだ。

「これを受けて、先ほど長老派《ゲローン》緊急委員会が招集され、総師の指揮権《しきけん》停止、および次期総師の総師位就任《しゅうにん》が決定されました」

背筋《せすじ》がこわばる。

自分が総師に就任するのは、まだ先のことだと思っていた。

長老派《ゲローン》はもちろん、おそらく全騎士がそう考えていたのではなかったか。

「すぐ就任の宣誓《せんせい》をなさっていただきたく、長老派《ゲローン》が円型会議場でお待ちしております。緊急のことゆえ、着衣等そのままで結構《けっこう》だそうです」

聖樹は、リーザを振《ふ》り返る。

思いもかけない形で、総師になることに動揺《どうよう》していた。

リーザがそばに寄ってきて、なだめるように肩《かた》を抱く。

「行こう」

リーザの大きな手に押されるようにして、部屋を出た。

次々と押し寄せてくる大波に呑みこまれ、自分が見も知らない所に押し流されていくような気がする。

「長老派《ゲローン》の中には、私が十代だという理由で次期総帥位を与えることに反対した騎士たちも多かったと聞いている」

円型会議場で待っているという長老派《ゲローン》は、果《は》たして自分を認めるだろうか。否認《ひにん》するために、呼びつけたのかもしれない。

「それが時期尚早《しょうそう》にして総帥に就任するんだ。もろ手を上げて賛成しているわけではないだろう。ラ・ルの叔父ノロイ・アクスクーの一派も根を張っているとのことだし」

リーザがドンと背中をたたいた。

「たとえそうだとしても、とにかくぶつかってみるしかないだろ。しっかりしろ。おまえは選ばれた男なんだぜ」

不敵《ふてき》な笑みを浮《う》かべて片目をつぶる。

「おまえが真《しん》の勇者だってことを、オレは知ってるよ。どんな困難《こんなん》も突破《とっぱ》できるさ」

筋肉質の腕《うで》を通して、その力が伝わってくるような気がした。

十七歳《さい》の総帥《マグヌス・マジスター》、誕生《たんじょう》

円型会議場は、ミカエリス家の建物の中でも大きなものの一つである。

半円形の講堂《こうどう》を、そのまま三百六十度に広げたような形をしており、その中央に演壇《えんだん》があった。

それを取りまくようにすり鉢状《ばちじょう》の会場が広がり、議席《ぎせき》が設《もう》けられている。

壁際の上部には、バルコニーのついた座席もあった。

「レオンハルト、待っていた」

出入り口には、片手に儀式《ぎしき》用の杖《つえ》を持った長老派《ゲローン》全体会議議長と三役が立っていた。

脇《わき》には、ミカエリス家の紋章《もんしょう》を刺繍《ししゅう》したクッションを捧《ささ》げ持つ騎士《きし》が、二人立っている。

片方の騎士のクッションには何も載《の》っていなかったが、もう一人の騎士のクッションの上には、当主《とうしゅ》の指輪とホルスター、それに銀剣《ぎんけん》が載っていた。

聖樹《せいじゅ》は、息をつめる。

それらは、指揮権《しきけん》を停止された父の体から取り上げられたものなのだった。

「次期《じき》当主の指輪と銀剣を返還《へんかん》しなさい」

聖樹は自分の指輪を抜《ぬ》き、服を脱《ぬ》いで、銀剣を吊《つ》っているホルスターをはずした。クッションの上に置く。

議長はうなずき、まず指輪を取って聖樹の小指にはめた。

次にホルスターの革帯《かわおび》を取り上げ、聖樹の裸《はだか》の肩《かた》から胸に斜《なな》めに巻きつけてホルスターをはめこみ、銀剣を差した。

聖樹は、固唾《かたず》を呑《の》む。

これまで父が身につけていた象徴《しょうちょう》が、今そっくり自分の体に装着《そうちゃく》されたのだった。

一瞬《いっしゅん》、身震《みぶる》いが出た。

「レオンハルト、我《わ》が騎士団のすべては、君の肩にかかった。今こそ真価《しんか》を見せる時だ。君に期待していいか」

聖樹はうなずく。

「では、行け。君を待つ長老派《ゲローン》の騎士たちの元へ」

大きく息を吸いこみ、出入り口を入っていくと、一人の騎士が、会場に通じるドアを開けたままで待っていた。

「こちらです。どうぞ」

ドアの前に立つ。

各階の席に座《すわ》った騎士たちと、バルコニー席にいる貴女《ダアム》ヨハンナの姿が見えた。叔父《おじ》アクスクーもいる。

聖樹は、まっすぐに歩いて会場に踏《ふ》みこみ、演壇《えんだん》に立った。

「ただ今、長老派《ゲローン》緊急《きんきゅう》委員会により総帥《そうすい》の指揮権停止が決定され、次期総帥の総帥就任《しゅうにん》が要請《ようせい》されたとの知らせを受けたため、ここにご挨拶《あいさつ》にまいりました」

会場を見まわし、アクスクーに目を止める。

「次期総帥に選抜《せんばつ》されて間もないこの時期に、総帥に就任しようとは思ってもみないことでした」

アクスクーは、凛《りん》とした目でこちらをにらんでいた。

聖樹も、それをにらみ返す。

「前総帥の、速《すみ》やかなご回復《かいふく》を願ってやみません」

そう言いながらアクスクーから目をそらせ、貴女《ダアム》ヨハンナを見た。

高い所にあるバルコニー席の奥で、ヨハンナはソファに腰《こし》を下ろし、半《なか》ば笑いを含《ふく》んだ顔でこちらを見下ろしている。

腕《うで》組《ぐ》みをし、余裕《よゆう》を漂《ただよ》わせた様子が不気味《ぶきみ》だった。

「しかし栄光ある我が『銀の薔薇《ばら》騎士団』は、一刻《いっこく》の中断もなく存続《そんぞく》されなければなりません。前総帥の後を受けて新たに総帥位に就《つ》き、我が名前、我が命、我が人生のすべてを『銀の薔薇騎士団』のために捧げると、ここに誓《ちか》います」

聖樹の後ろに立っていた議長が進み出て、長老派《ゲローン》の騎士たちに向かって呼びかける。

「新総師レオンハルトに、最敬礼《さいけいれい》」

騎士たちは音を立てて立ち上がりざま、踵《かかと》を打ち鳴らしながら姿勢《しせい》を正し、片手を胸に当てると斜《なな》め前方に突き出した。

そこから手を下ろし、目の前に掲《かか》げて敬礼の姿勢を取る。

「ヤーッ！」

大声が響《ひび》きわたり、議場の空気を震わせる。

続いて拍手《はくしゅ》が起こった。

聖樹はそれを受け止めるために両腕を開き、微笑《ほほえ》んで会場の一人一人に視線を配る。

父の言葉が胸によみがえった。

「幸せというものは、当主であり総帥である人間が求めるものではない。おまえが選択《せんたく》したのは、名誉《めいよ》と栄光に彩《いろど》られた道だ。それを進んでいけ。それが選ばれた者の責任《せきにん》であり、義務《ぎむ》だ。その道に幸福というものは存在しない」

父と同様に自分もまた、この騎士たちを率い、ミカエリスの名前と騎士団の栄誉《えいよ》を高めるために身を捧げることになったのだった。

鳴り止《や》まない拍手を聞きながら、これは運命なのだろうと感じる。

この家に拾《ひろ》われ、育てられた自分が進むべき道だったのだ。

後ろに控《ひか》えているリーザに目をやり、ここにいないラ・ルリジオンを思う。

ラ・ル、どこにいる。

僕は、総帥になったよ。

なのに、なぜ君がいないんだ。

それは君の意志じゃないよね!?

そう信じていいよね!?

必ず探し出す!

僕の元に連れ戻すから、待っていろ!!

「レオンハルト、この鳴り止まない拍手は君への賛辞《さんじ》だ」

議長が感嘆《かんたん》したように言った。

「これほどの熱い声援《せいえん》は、おそらく歴代の記録《きろく》にもないだろう。前総帥の暗殺未遂《あんさつみすい》という事件を知って長老派《ゲローン》の全騎士は、この復讐《ふくしゅう》を遂《と》げたいと願い、それを君に期待しているのだ」

聖樹は、議場の一人一人に目を配り、うなずきながらそれを約束する。

きっと首謀者《しゅぼうしゃ》を見つけ出し、正義の名の下《もと》に裁《さば》くと。

後ろのドアから騎士が入ってきて、アクスクーに話しかけ、二人で出ていくのが見えた。

保安院《ほあんいん》が動き、調査委員会を招集《しょうしゅう》したのだろう。

その背中を、聖樹はにらみすえる。

当主になったからには早急に改革《かいかく》に手をつけ、私利私欲《しりしよく》で動いている連中の息の根を絶《た》つつもりだった。

美《うつく》しい人形《にんぎょう》

「起きろ、聖樹《せいじゅ》」

揺《ゆ》すり起こされて、目を開けると、リーザの顔が真上にあった。

「館は、封鎖《ふうさ》してあったはずだろ。なのに、出入りが自由になってるぜ」

聖樹は飛び起きる。

一瞬《いっしゅん》、自分の部屋にいるかと思い、いつもの位置にあるナイトガウンを取ろうとした。手が空《くう》を切る。

それでようやく、昨夜から総帥《そうすい》の居住区を使うようになっていたことを思い出した。

「ほら」

隣接《りんせつ》する衣裳《いしょう》部屋から、リーザがナイトガウンを持ってきて目の前に放り出す。

「ここは広すぎて、不便《ふべん》だな」

裸《はだか》の上にそれを引っかけて立ち上がり、窓辺に寄《よ》った。

確かに門は大きく開けはなされており、行きかう人々の姿が見える。

聖樹は、電話機に飛びついた。

「保安院《ほあんいん》の委員長を。え、寝ている？　起こせっ！」

いらいらしながら委員長が電話に出るのを待った。

「館の封鎖が解《と》かれているのは、なぜだ」

語気《ごき》も荒《あら》くたずねると、のんびりとした答が返ってくる。

「昨日、調査委員会が発足《ほっそく》し、前総帥の暗殺未遂《あんさつみすい》についての調査が始まりました。その結果、犯人《はんにん》が見つかりましたので、調査委員会から館の封鎖を解きたいとの連絡があり、保安院として了承《りょうしょう》いたしました。本日早々にも、お手元に調査報告書が届くかと思います」

聖樹は、腑《ふ》に落ちない思いで受話器を置く。

早すぎないか。

調査を始めて二十四時間とかからずに犯人を特定できるものか。

調査委員会の主宰《しゅさい》は、アクスクーである。

何をしているか、知れたものではなかった。

「調査委員会のメンバーは、優秀《ゆうしゅう》らしいぜ」

そう言いながら聖樹はリーザを振《ふ》り返る。

「もう調査終了だ。犯人は捕《つか》まったそうだ」

リーザは目をむいた。

「早すぎるだろ。捏造《ねつぞう》じゃないか」

聖樹は窓に向きなおり、眼下《がんか》を行きかう人々をにらんだ。

「実行犯《じっこうはん》がいたとしても、これじゃとっくに逃亡《とうぼう》してるな。もう捕まえるのは難《むずか》しいだろう」

この館の中にいたものを、みすみす逃《のが》したのだ。

歯ぎしりしたいほどくやしかった。

自分が直接、調査委員会の指揮《しき》を執《と》っていたならば、こんなまねはさせなかったものを。

今からできることといえば、調査委員会のトップであるアクスクーを呼びつけ、こちらが何も知らないわけではないと釘《くぎ》を刺《さ》すことぐらいだった。

「アクスクーに報告書を持ってこさせろよ」

リーザが電話機を取り上げ、アクスクーを呼びつける。

電話に出た人間に用件を告《つ》げてから、こちらを振り返った。

「ただ今ご朝食中です、と言ってるが」

聖樹はかみつくように叫《さけ》ぶ。

「すぐ来いと言え」

寝室を出て、衣裳部屋に入ると、その気配《けはい》を察した騎士《きし》が飛んできた。

「本日のお召《め》し物は、こちらにご用意がございます。お着替えは、担当の者がお手伝いいたしますので」

聖樹は、騎士の視線が注《そそ》がれている銀のトレーを見る。

着衣一式が、きれいに並べられていた。

「急ぐから自分でやる」

つかみ上げて身につけ、ネクタイを首に引っかけながら衣裳部屋を出ると、隣《とな》りの執務室《しつむしつ》に入る。

まだ爆発《ばくはつ》の跡《あと》が生々しかったが、窓辺に置かれた樫材《かしざい》の、大きな机だけは無事だった。

いつも父が執務していた、伝統の机。

その脇をまわり、革《かわ》の椅子《いす》の上に積《つ》もっている壁の欠片《かけら》や埃《ほこり》を払《はら》って腰《こし》を下ろす。

父が見ていたはずの視点から広い執務室を見まわし、自分が総帥になった実感と、その責任《せきにん》を改めてかみしめた。

「ヤツが来たぜ」

リーザが親指で出入り口を示《しめ》す。

アクスクーが、分厚いバインダーを持って姿を現した。

「調査委員会の報告書を持ってまいりました」

差し出されたそれを受けとり、聖樹は目を通す。

一応の形は整っていた。

総帥の部屋に出入りすることができた騎士と使用人を全員、調べた記《き》録《ろく》が初めに綴《つづ》られており、それがしぼられていく過程《かてい》、およびその裏づけが面々と続いている。

その中から疑わしい人物が浮上《ふじょう》し、取り調べた結果、本人の自供《じきょう》から犯人と断定《だんてい》するに至《いた》ったと書かれていた。

それは前総帥に個人的恨《うら》みを持っていた使用人で、動機《どうき》は前総帥が自分を見る時、いつもバカにしたような目つきをするからというものだった。

身柄《みがら》を拘束《こうそく》して精神鑑定《かんてい》をしたところ、異常《いじょう》が認められたので、罰《ばっ》することはできず、そのまま故郷《こきょう》に帰したとある。

爆発物の入手についても、くわしい調査が行われており、犯人がそれを入手した過程にも不自然な点はなかった。

文句《もんく》のつけようもないほどきちんとした報告書である。

ただ、すべてが早すぎるほど早いという点を除《のぞ》いて。

精神鑑定にしても立て続けに数回行われており、これで正確な結果が出るとは思わなかった。回数をこなして報告書に書くためだけの鑑定ではなかったのか。

事前にこのすべてが用意されていて、そのストーリー通りに事件を起こしたようにさえ感じられる。

「何か、ご不審《ふしん》な点でも？」

アクスクーは、勝ち誇《ほこ》ったような笑《え》みを浮かべた。

確かに、どこからも突《つ》っこめないように作ってある。

だが、これを信じていては、これ以上、前に進めなかった。

聖樹は、思い切って踏《ふ》みこんでみる決意をする。

アクスクーの顔を見つめ、その表情の変化を見逃《みのが》すまいとしながら、もっとも刺激的《しげきてき》な言葉で切りこんだ。

「あなたが総帥位をねらっていることは、わかっています」

アクスクーは一瞬《いっしゅん》、たじろくかに見えた。

しかしすぐ、何事もなかったかのような平然《へいぜん》とした顔つきになり、微笑《ほほえ》みを浮かべた。

「総帥位？　私は、そんなものに関心はないね」

そう言いながら、微笑みを薄《うす》ら笑いに変える。

「それがなぜか、知りたいかね。レオンハルト」

小バカにするかのような言い方だった。

聖樹は懸命《けんめい》に落ち着こうとつとめながら、とにかく情報を取ろうとしてうなずく。

「お聞かせ願えるなら、幸いです」

アクスクーは微笑みを消し、のめりこむような目で聖樹を見つめた。

「では、教えてやろう。なぜならこの騎士団において、総帥はただの操《あやつ》り人形にすぎないからだ。美しい人形だ。何も知らされず、自分の人生をなげうって騎士団のためにつくす道化師《どうけし》。

それが総帥だ」

足元を揺るがされるような気がした。

踏みとどまろうとして、思わず体に力が入る。

「よく考えてみるがいい。この事件で、君に何ができた？　調査委員会のメンバー一人すら、君の意思では決められなかったではないか」

胸を突かれ、言葉を失う。

確かにその通りだった。

「それにラ・ルリジオンがどこに行ったのかさえも、知らされていないだろう」

聖樹は、とっさに立ち上がる。

「ラ・ルリジオンをどこにやったんです」

アクスクーは意味深長《しんちょう》な笑みを浮かべ、その視線をリーザに流した。

リーザは、見る間に青ざめる。

二人の間に奇妙《きみょう》な沈黙《ちんもく》が漂《ただよ》い、聖樹は固唾《かたず》を呑《の》んだ。

やがてアクスクーの目が、こちらに戻ってくる。

「この騎士団において、総帥は無力だ。誰《だれ》がそんなものになろうと思うか。騎士団の実権《じっけん》は、高位の騎士たちと長老派《ゲローン》、および貴女《ダアム》が握《にぎ》っているのだ。総帥は、裸《はだか》の王様も同然。しかも騎士団のために身を捧《ささ》げて消耗《しょうもう》しつくす。私はそんな立場に立とうとは思わない。高位騎士の地位を維持《いじ》し、陰《かげ》にまわって騎士団の実権を握り、その利益《りえき》を自分のものにする。その方がずっと趣味《しゅみ》に合うのでね」

勝利宣言《せんげん》でもしているかのような、居丈高《いたけだか》な言い方だった。

「だが同じ操り人形でも、前総帥よりは君、そして君よりは、自分の息子《むすこ》の方がやりやすい。私の息子は操り人形に最適《さいてき》なのだ。ちょっとバカでね」

つまり息子を総帥位に就《つ》け、陰から騎士団を操るための陰謀《いんぼう》というわけだった。

「レオンハルト、私がなぜこんな話をするのか、君にわかるか」

聖樹は、首を横に振った。

驚くべきことばかりを並べ立てられ、ついていけない。

総帥と騎士団に対して抱《いだ》いていた夢と理想が、ガラガラと崩《くず》れていく思いだった。

「総帥になって舞い上がり、私を食事中に呼びつけるような君に、この際、自分の本当の力を知り、そして静かにしていてもらいたいからだ。私は争《あらそ》いを好まない。おとなしくしていれば、表向きは君を祀《まつ》り上げておいてやる。私に従《したが》え、レオンハルト」

突き刺すように言われて、聖樹は息をつめる。

屈辱《くつじょく》で、頬《ほお》が火のように熱くなった。

「子羊《こひつじ》か、あるいは小犬のようにおとなしく、言われる通りになっていろ。私の息子以上に従順《じゅうじゅん》にだ。でなければ、前総帥と同じ道をたどるぞ」

言い放ってアクスクーは、身をひるがえす。

堂々《どうどう》と退出《たいしゅつ》していった。

その後ろ姿をにらみすえて聖樹は、奥歯をかむ。

もしかして父は、アクスクーを阻止《そし》するために何らかの動きを起こそうとしていたのかもしれないと思えた。

それで暗殺の対象《たいしょう》となったのではないか。

証拠《しょうこ》はないものの、今のアクスクーとの会話を思い返せば、そうとしか考えられない。怒《いか》りが体をつらぬいて頭に噴《ふ》き上がった。

あいつ、許すかっ！

当主、そして総帥になりたいと望んだのは、こんな思いをするためではなかった。

自分ばかりでなく、次期当主選抜教練《じきとうしゅせんばつきょうれん》に参加した全員が、夢を抱いて、つらい教練に耐《た》えたのだ。

よりすぐれた男になり、選ばれて、栄誉《えいよ》ある当主、そして総帥になりたいと。

その現実がこんなものだとは、誰が想像しただろう。

許せない！

断固《だんこ》、このままにするか!!

「聖樹」

アクスクーの足音が消え、しばらくしてリーザが言った。
「オレに、言いたいことがあるだろう」
聖樹は、リーザに向きなおる。
ないわけがないだろう。
そう言おうとして、リーザの黒い目の中に、かつてと同じようなおびえを見つけた。
何かを恐《おそ》れている。
リーザともあろう男が、いったい何を恐怖《きょうふ》しているのか。
それは、何だ!?
声が喉《のど》まで出かかった。
だがそれを追及《ついきゅう》すると、リーザを失《うしな》いそうな気がした。
ラ・ルリジオンがいない今、リーザだけでもそばにいてほしい。
「いや、ない」
自分は、意気地《いくじ》がないのだろうか。
孤独《こどく》を恐れているのか。
父が耐えてきた孤独に、自分は耐えられないのか。
そんなことはないと、思いたかった。
「申し上げます」

一人の騎士が飛びこんでくる。

「ただ今、ラ・ルリジオン・フォン・ミカエリスを発見したとの報告が入りました」

突然、目の前で光がきらめくような気がした。

聖樹は、騎士に向きなおる。

今、輝《かがや》いた希望を、もっと確実《かくじつ》なものにしたくてたずねた。

「どこでだ」

騎士は困ったような顔つきになり、言いよどむ。

その表情に、暗い影《かげ》がまつわっていた。

なんだ!?

胸に不安が刺しこむ。

希望が色あせていくのを感じて聖樹は思わず、声を大きくした。

「どこでだと聞いている。答えろっ！」

騎士は、押されるように目を伏《ふ》せる。

「ミカエリス家敷地内の、運河《うんが》だそうです」

聖樹は騎士をにらみすえた。

胸に浮《う》かんだ不吉な予感を、打ち消そうとして躍起《やっき》になる。

「どういうことだ」

騎士は、苦しげに声を落とした。
「遺体《いたい》で浮かんでいるところを発見され、先ほど収容《しゅうよう》されたとのことです」
聖樹は身をひるがえし、部屋から飛び出した。
階段を駆《か》け下り、玄関《げんかん》から走り出て、運河に駆けつける。
後ろからリーザがついてきた。
ラ・ルリジオンが死ぬようなことは、ありえない。
自殺《じさつ》もないし、やたらに殺されるようなマヌケでもない。
不意《ふい》を襲《おそ》われたとしても、切り抜《ぬ》けるだけの力は持っているはずだった。

若《わか》すぎる夢《ゆめ》

運河《うんが》は、敷地内北側の丘のふもとにある。

東西に走る大水路と南北に広がる小水路が中央で十字架《じゅうじか》の形に交差《こうさ》していた。

自然の河《かわ》のような体裁《ていさい》に造《つく》られており、周りには水草や木々が植えられ、いつでも乗れるように手入れされたゴンドラが浮《う》かんでいる。

岸辺には、ギリシア神話に材を取ったたくさんの彫像《ちょうぞう》が飾《かざ》られ、東屋《あずまや》も設《もう》けられていた。

見まわせば、小水路の端《はし》に、数人の騎士《きし》が立っている。

聖樹《せいじゅ》が駆《か》けつけると、騎士たちはいっせいにこちらを振《ふ》り向き、姿勢《しせい》を正して敬礼《けいれい》した。

ラ・ルリジオンの遺体《いたい》らしきものは、すでにない。

「ラ・ルは？」

荒《あら》い息に肩《かた》を上下させながら聞くと、一人の騎士が答えた。

「長老派全体会議《ゲローン》議長の指示《しじ》により、『魂《たましい》の礼拝堂《れいはいどう》』に搬送《はんそう》いたしました」

聖樹は、再び身をひるがえす。

「魂の礼拝堂」に駆けつけ、その正面扉に手をかけると、中からカンカンという鋭《するど》い音が聞こえてきた。

後ろからやってきたリーザが眉根《まゆね》を寄《よ》せる。

「おい、この音って、まさか」

聖樹も、同じことを考えていた。

もしかして、これは、棺《ひつぎ》に釘《くぎ》を打つ音ではないだろうか。

二度とは抜《ぬ》けない、頭のない釘を。

それを打たれた棺は、もう開けることができなくなるのだった。

聖樹は力まかせに扉を開き、中に飛びこむ。

祭壇《さいだん》の前に大きな棺が置かれ、そのそばに木槌《きづち》を振るう四人の騎士の姿があった。

周りを、長老派《ゲローン》の騎士たちが取り囲んでいる。

「待ってください」

走り寄って聖樹は、その輪の中に分け入った。

「まさか、もう閉じてしまったわけではないでしょうね」

そう言いながら棺の蓋《ふた》に手をかける。

すでに、一ミリも動かなかった。

聖樹は、長老派《ゲローン》の騎士たちをにらみまわす。

「棺は、二十四時間、開けておかねばならない規則《きそく》ではありませんか」

騎士たちの中から、長老派《ゲローン》全体会議議長が進み出た。

「それは自然死の場合だ。自殺者《じさつしゃ》は、騎士団の名誉《めいよ》を汚《けが》すもの。可能《かのう》な限《かぎ》り速やかに棺を閉じ、北側墓地《ぼち》に埋葬《まいそう》する決まりだ」

聖樹は、息がつまるような気がする。

「ラ・ルが自殺などと、信じられません」

そう言うと、議長もうなずいた。

「私も同じ気持ちだ。しかし医師《いし》が検死《けんし》をし、そう判断したのだ。惜《お》しい逸材《いつざい》を亡《な》くした」

聖樹は、声を荒立《あらだ》てる。

「納得《なっとく》できません。そんなはずはない」

議長は、わずかに笑《え》みを浮かべた。

「お気持ちはよくわかる。後で、検死報告をご覧になるがいい。さぁ、この場から退去《たいきょ》願いたい。『銀の薔薇《ばら》騎士団』憲章《けんしょう》は暗記《あんき》なさっているはず。総帥《そうすい》は、騎士の葬儀《そうぎ》に参列する権利《けんり》がないのだ」

聖樹は、言葉を呑《の》む。

死に顔も見ないまま、兄弟《きょうだい》として育ったラ・ルリジオンと永遠に別れなければならなくなるとは思わなかった。

「お願いです」

乾いた喉《のど》から、声をふりしぼる。

「最後にラ・ルに会わせてください。一目《ひとめ》でいい」

議長は首を横に振った。

「すでに棺は閉じられている。これを再び開けることは、たとえ総帥であっても許されない。リーザ、総帥をお連れしろ」

肩に、手がかかる。

「行こう」

聖樹はそれを振り払《はら》い、ラ・ルリジオンの棺の前に膝《ひざ》をついた。

棺をなで、頰《ほお》を押し当て、腕《うで》をまわして抱きしめる。

「ラ・ル、僕だよ。聖樹だ。わかるか。僕の声は届く？　君は本当に死を選んだの？　そんなこと、僕は信じないよ。腹心《ふくしん》になるって言い出したのは、君だ。いつまでも一緒だと約束したじゃないか」

頭上で、議長の声がした。

「間もなく家族がやってくる」

聖樹は、背筋《せすじ》を震《ふる》わせる。

家族に話したのか。

では、母にも話が伝わっているのか。

「総帥の取り乱《みだ》した姿を見られては、騎士団の権威《けんい》にかかわる。早くお連れしろ」

ラ・ルリジオンの死がどれほど母にショックを与え、病状を悪化させるかと考えると、目の前が暗くなる思いだった。

リーザが腕を伸ばし、聖樹の体を棺から引きはがして床に立たせる。

「行こう、聖樹」

聖樹は、議長に向きなおった。

「このことは、家族全員にお話しになったのですか」

倒《たお》れたままの父や母には、伝えてほしくなかった。

「そうです。意識のない前総帥を除《のぞ》き、全員に速やかに伝達しました」

議長の声は威厳《いげん》にみち、礼拝堂内に冷ややかに響《ひび》く。

「それが長老派《ゲローン》全体会議の義務《ぎむ》であり、騎士団の規則《きそく》です」

聖樹は、奥歯をかみしめる。

この分では、父が襲《おそ》われて意識不明であることも、母の耳に届いてしまっているだろう。

ケースバイケースの対応ができないような組織は、膠着《こうちゃく》しているのだ。

早急に、改革《かいかく》の手を打たなければ。

礼拝堂の正面扉が開き、騎士に連れられたラ・ルリジオンの弟や妹たちが、おどおどと入ってくる。

その姿を見て、胸が痛んだ。

父も母も病院にいるというのに、長兄《ちょうけい》まで亡くなったとあっては、どれほど絶望《ぜつぼう》していることだろう。

「さ、行こう」

リーザに言われて、聖樹はやむなく西の出口に足を向けた。

ラ・ルリジオンが自殺したなどとは、絶対に信じられない。

どこまでも一緒に行くとの約束が、若すぎる夢でしかなかったとは思いたくなかった。

アクスクーが言っていた通り、この騎士団には、総帥の目の届かない部分があるのだ。

聖樹は、両手を固く握《にぎ》りしめる。

何もかも今に必ずはっきりさせ、徹底的《てっていてき》に改革してやる！

独裁《どくさい》やむなし

検死《けんし》報告書は、アクスクーが主宰《しゅさい》した調査委員会の報告書と同様に、きちんとしたものだった。

何の矛盾《むじゅん》もなく作られており、疑問をはさむ余地《よち》もない。

ラ・ルリジオンは、次期当主《じきとうしゅ》になるという夢に破《やぶ》れ、精神のバランスを崩《くず》して医療室《いりょうしつ》から渡された睡眠薬《すいみんやく》を大量に飲み、運河《うんが》に身を投げたのだった。

ラ・ルリジオンを診察《しんさつ》した医師のカルテのコピー、医務室から出された薬の名前と、薬剤師《やくざいし》の証言《しょうげん》、また身を投げるところを見かけたという警備《けいび》の騎士《きし》の目撃談《もくげきだん》もそえられていた。

壊《こわ》すこともできないほどしっかりと作り上げられた嘘《うそ》に、聖樹《せいじゅ》は吐《は》き気を感じる。

ラ・ルリジオンが自殺《じさつ》などするはずは絶対にないと思うものの、それを証明《しょうめい》できるのは、自分と彼が今まで一緒に過《す》ごしてきた日々の記憶《きおく》や、言葉での約束だけだった。

どれ一つとして、他人に見せられず、また説得《せっとく》材料にもならない。

リーザは、どことなく話を避《さ》けていた。

この件に触《ふ》れないようにしているのは、何かを知っているからだろう。

アクスクーや長老派《ゲローン》全体会議議長。貴女《ダアム》ヨハンナも、関わっているのかもしれなかった。

だがいったい、どこからどう切りこんでいけば、真実が見えてくるのか。

聖樹は考え続け、そして突破口《とっぱこう》を見つけ出した。


その日、修復《しゅうふく》の作業が始まった執務室《しつむしつ》で、ドリルの音を聞きながら聖樹は、「銀の薔薇《ばら》騎士団」憲章《けんしょう》をひっくり返す。

総帥《そうすい》には、憲章の条項《じょうこう》を修正したり、新たにつけ加える権利《けんり》があることを、何度も確認した。

新条項を作るに当たっては、どんな合議《ごうぎ》も必要なく、総帥が単独《たんどく》で制定できるようになっている。

それこそ総帥の、もっとも大きな力だった。

聖樹は、机の引き出しからミカエリス家の便箋《びんせん》を出し、羽根ペンを手に取った。

「すべての騎士は、総帥が任命《にんめい》するものとする」

そう書かれている条項の後ろに、つけ加える一文を書きつづる。

「新総帥が誕生《たんじょう》した場合、それ以前の総帥に任命されていた騎士は、新総帥の認可《にんか》を必要とする。新総帥に認可されない者は、騎士位を返上《へんじょう》するものとする」

この条項が憲章に入れれば、総帥は、今までの騎士全員に対して認否《にんぴ》の判断をする権利を持つのだった。

アクスクー以下、騎士団にふさわしくない騎士たちを追放《ついほう》することが可能《かのう》になる。

彼らがいなくなれば、総帥暗殺未遂《あんさつみすい》も、ラ・ルリジオンの自殺も、真相《しんそう》の究明《きゅうめい》がしやすくなるに違いなかった。

「リーザ、これを憲章管理局《かんりきょく》に持っていってくれ。この条項を今日付で憲章に付加《ふか》し、関係各所に通知するように伝えろ」

差し出しながら、そばにあったパソコンを開く。

文書がどこかで滞《とどこお》る場合を考えて、データを関係者全員に発信しておこうと思った。

ふと、父の作成中の文書が残っているのに気づく。

開けてみると、中に入っていたのは、父の計画だった。

驚きながら読んだ。

それは、「銀の薔薇騎士団」改革《かいかく》のアウトラインだった。

憲章の条項訂正《ていせい》もある。

先ほど聖樹の作った新条項よりソフトではあるものの、近い内容だった。

父も、同じことを考えていたのだとわかって、胸が熱くなった。

今まで父と触れ合った時間は少なく、心を通わせることもできなかった。

だが今、同じ立場に立ってみれば、目指すところ、考えるところは同じなのだ。

血はつながっていなくても、心はどこかでつながっていたのだと思えて、うれしかった。

不当《ふとう》な襲撃《しゅうげき》を受けて父が断念《だんねん》せざるを得《え》なくなったことを、今、自分が引き継《つ》ぎ、実行に移す。

そう考えると、体の底から力がわき上がってくるような気がした。

これは父が支持《しじ》してくれていることなのだ。

そう心に命《めい》じながら、必ずやり遂《と》げると、父に誓《ちか》う。

「おい、聖樹」

いったん出ていったリーザが、再び戻ってきて机の上に便箋を置く。

「これ、まずいぜ」

聖樹が顔を上げると、危機感《ききかん》を漂《ただよ》わせた黒い目がこちらを見ていた。

「これが憲章につけ加わると、総帥の権力が強くなりすぎる。独裁《どくさい》をたくらんでいると言われるぞ」

胸が痛む。

幼《おさな》いころから騎士団にあこがれ、総帥となってその名誉《めいよ》と栄光を高めるために献身《けんしん》したいと思ってきた自分が、騎士団を我《わ》が物《もの》にしようとしているかに言われることは、つらいことだった。

だが、他に方法があるのか。

騎士団の清浄化《せいじょうか》のためなら、自分の名前は汚《よご》れてもいいと思うしかない。

それもまた、献身の一種だろう。

父も、そう考えてあのアウトラインを作っていたはずだ。

自分も、同じ道を歩むのだ。

「長老派《ゲローン》や、高位《こうい》騎士たちの反発は必至《ひっし》だ。実力者たちを敵にまわすことになるぞ」

聖樹は目を伏《ふ》せる。

「独裁と言われても、やる。早く行け」

リーザは、信じられないといったように首を横に振《ふ》った。

「つぶされるぞ」

聖樹は、両手の拳《こぶし》を机にたたきつける。

「つぶせるものなら、つぶしてみろ。アクスクーにあんなことを言われて引っこんでいられるか。その前に、こっちがやってやる。神は正義を守るはずだ」

リーザは、ちょっと息をついた。

「何でそんなにやる気なんだ。しょーがねぇな。警備を増やさないと。オレも、今日からおまえの隣《とな》りの警備用の部屋に入る」

出ていくリーザを見送って、関係部署《ぶしょ》にメールを送る。

もしこれで足りなければ、事態《じたい》に応《おう》じて新しい手を打っていけばよかった。

騎士団の粛清《しゅくせい》は、できる。

残る問題は貴女《ダアム》ヨハンナだったが、「銀の薔薇騎士団」憲章によれば、総帥が自分の選んだ女性を貴女《ダアム》に任命《にんめい》しさえすれば、新しい貴女《ダアム》が誕生し、それとともに前の貴女《ダアム》の権利はすべて失われるのだ。

すぐにも新しい貴女《ダアム》を選べば、騎士団からヨハンナを脱退《だったい》させることができる。

だが、貴女《ダアム》に任命できるような女性を、聖樹は一人も知らなかった。

六歳から教育棟《とう》に入り、男ばかりの環境で今日まですごしてきている。

社交《しゃこう》やダンス、会話術は教練《きょうれん》の一環《いっかん》として習い、合格点だったものの、実際に試したことはまだ一度もなかった。

親しいのはラ・ルリジオンの妹たちぐらいで、まだ七歳と四歳である。

どうする。

「レオンハルト様」

シュタットが顔を出す。

父の執事《しつじ》を長く務《つと》めてきた実直《じっちょく》な男だった。

「旦那《だんな》様がお倒《たお》れになってから各界、およびいろいろな家からの招待状がたまり始めております」

騎士団の引き継《つ》ぎに気を取られていて、ミカエリス家のことは後回しになっていた。

「この件は、まだ極秘《ごくひ》にしてありますが、そろそろ噂《うわさ》が流れ始めるころ。当たりさわりない程度に事実を公表し、当主代理《だいり》としてレオンハルト様のお名前を発表した方がよろしいかと」

シュタットの手には銀のトレーがあり、その上にたくさんのインヴィテーション・カードが載《の》っていた。

「ん、そうしてくれ。細かなことは、おまえにまかせるよ」

シュタットは低頭《ていとう》し、歩み寄《よ》って銀のトレーを机に置く。

「では、夕刊《ゆうかん》の社交欄《らん》に発表するよう広報局に依頼《いらい》しておきます。今夜のご招待は、八件でございます。重要性のあるパーティから順番に重ねてありますので、ご一読いただき、どこにご出席なさるかご連絡《れんらく》くださいませ」

聖樹は、首を横に振る。

「一番上のでいい。どこだ」

シュタットは、臙脂《えんじ》色の封筒を取り上げた。

「フランス大使館で、ナポレオン大公《たいこう》の歓迎《かんげい》パーティでございます。カッセン美術館が、ヴェルサイユ美術館に収蔵《しゅうぞう》されているナポレオン関係の絵画《かいが》を借り出して展示会を行うので、プロモーションとして大公をお呼びしたようですね。文化省と大使館が協賛《きょうさん》しています。大統《だいとう》領《りょう》や議会議長、首相《しゅしょう》も参列なさるそうで、ここにいらっしゃれば効率《こうりつ》よくいろいろな方々とお会いできるかと思い、最優先《さいゆうせん》としました」

実に有能《ゆうのう》だった。

「じゃ、そこに行こう」

そう言いながら、早急《そうきゅう》に貴女《ダアム》を見つけなければならないことを思い出す。

「そのパーティが終わったら、もう一件まわる。女性の多いパーティを選んでおいてくれ。舞《ぶ》踏会《とうかい》でもいい」

パソコンが、メールの着信音を鳴らす。

開いてみると、騎士団全体総会議議長からだった。

「総帥からのメールを拝受《はいじゅ》いたしました。はっきり申し上げて、これは独裁です。騎士団を我が物にしようとする欲求《よっきゅう》以外の何ものでもありません。あなたも彼らと同じなのですね。裏切られた思いです。期待したのは、私の間違いでした」

聖樹は、何度も文字をなぞる。

騎士団全体総会議議長は、聖樹にとって、初めての味方といってもいい人物だった。

心を打ち明けてもらい、それを受けて全力での健闘《けんとう》を誓《ちか》った相手である。

その彼から非難《ひなん》され、裏切られたと言われるのは、胸を切られる思いだった。

立て続けに、いくつかのメールが届く。

「独裁に、反対する」

「すぐさま取り消していただきたい」

「若いあなたが期待を集めて新しく総帥に就任《しゅうにん》したというのに、最初にしたことがこれなのですか」

「新条項に反対する。恥《はじ》を知れ」

長老派《ゲローン》全体会議議長からも返信が届いた。

「あなたが作った新条項に反対する。考えなおしてほしい。さもなければ、こちらも対抗措置《たいこうそち》を取る」

聖樹は、きつく目をつぶる。

どれほどの反対があっても、やり遂《と》げなければならない。

そう心に決めていた。

長老派《ゲローン》の対抗措置というのは、いったい何なのだろう。

彼らの動きは、会議も含《ふく》めて総帥からは見えないようになっている。

これもまた、改革のメスを入れなければならない部分だった。

この騒《さわ》ぎが落ちつき、騎士団内が正常化されたら、次には長老派《ゲローン》の組織に手をつける！　固く決意しながら、最後のメールを開いた。

「どうやら、おとなしくしていられないようだな」

アクスクーからだった。

「身のほど知らずめ。いいだろう。若者のチャレンジをお受けするとしよう。君には高くつくものになるだろうがね。火傷《やけど》くらいではすまないと、覚悟《かくご》しておくことだ」

余裕《よゆう》を感じさせるその全文を、聖樹は一気に消去《しょうきょ》する。

アクスクーが動く前に、あいつの騎士位を剝脱《はくだつ》してやる。

すべての権力を手放して、この館から．この騎士団から出ていくがいい。

初《はじ》めての夜《や》会《かい》

「タキシードは嫌《きら》いだ。ウィング・カラーが首に食いこんで、痛い」

リーザは、不満たらたらだった。

出かける直前まで姿が見えなかったが、いつの間にか戻ってきて着替えをすませていた。

「首を細くすればいいだけじゃないか」

聖樹《せいじゅ》がからかうと、露骨《ろこつ》に嫌《いや》な顔をした。

「おまえはいいよな、総帥《そうすい》の軍服のままでいいんだから」

ミカエリス家当主《とうしゅ》の第一級大礼装《だいれいそう》は、「銀の薔薇騎士団《ばらきしだん》」総帥《そうすい》の第一級正式軍装《ぐんそう》と同じで、漆黒《しっこく》の地に、金糸《きんし》で双頭《そうとう》の鷲《わし》とミカエリス家のMを刺繍《ししゅう》したつめ襟《えり》の上衣、脚《あし》にピッタリとした白い鹿革《しかがわ》のズボン、白の手袋である。

腰《こし》には、金の装飾《そうしょく》のついたサーベル、靴《くつ》は艶《つや》のあるエナメルの黒い軍靴《ぐんか》だった。

どこにでも、この姿で出席する。

次期《じき》当主の緋色《ひいろ》よりは落ち着いているが、それでも前身頃《まえみごろ》一面になされた金の刺繍と、金モールのついた肩章《けんしょう》、肩《かた》から二の腕《うで》にかけて下がった三重《みえ》の飾《かざ》り緒《お》は、かなり目立った。

会場に入り、ホワイエのあちらこちらに集まっている小グループのそばを通りすぎるたびに、ささやきの声が耳に入ってくる。

「あの美青年、誰《だれ》？　軍の関係者？」

「ミカエリス家のレオンハルトだ。今日の夕刊に出ていた」

「まだ十代だろ。期待の新星ってとこだね」

「すごく背が高いわねぇ。スタイルもバツグン」

「輝《かがや》くほどの美貌《びぼう》って、ああいう顔のことじゃない？」

「まぁ私、魅了《みりょう》されそう」

「今に社交界の華《はな》になるわね、きっと」

リーザが眉《まゆ》を上げる。

「評判がいいじゃないか。いっそ貴女《ダアム》の公募《こうぼ》でもしてみればどうだ。すげぇ数が集まるぞ」

「くだらない冗談《じょうだん》を言うなよ」

舞踏会場《ぶとうかいじょう》のドアの前まで来ると、立っていたドアマンがそれを開けてくれた。

そばにいた年配の会場係が気づいて、あわてて飛んでくる。

「ドアマン、この方はミカエリス家の方だ。お通りになる時は、ドアは両開きでなければいけない」

あわてて開かれた二枚のドアから中に入る。

流れている曲は、ちょうどワルツだった。
七、八十組ほどが踊《おど》っている。
着飾った女性が音楽に乗って踊る姿は、実に美しく、聖樹は虚《きょ》を突《つ》かれる思いだった。

呆然《ぼうぜん》として、ただ見つめ入る。

これほどたくさんの女性が集まっているところを見るのは、初めてだった。

この世には、何と多くの女性がいるのだろう・・・。

女性のいる風景、それは華やかでやさしく、どことなく柔《やわ》らかく、また暖《あたた》かい感じのするものだった。

「おまえ、ダンス、いけるのか」

リーザに聞かれて、あわててうなずく。

「教練《きょうれん》の成績は悪くなかった。ラ・ルほどじゃなかったけどね」

「習ったのは、相手を探して申しこむところからだろ。行けよ」

「ん、やってみる」

女性がたまっている場所を見つけ、歩み寄《よ》っていこうとすると、突然、目の前に小柄《こがら》な女性が走り寄ってきた。

「あの、よろしかったら、私と踊っていただけませんか？」

脇《わき》から別の女性の声が飛ぶ。

「次は、私。ここでお待ちしています」

教練では、女性から申しこまれるというパターンは、一度もなかった。

だが、これもいいかもしれない。

聖樹は女性の手を取り、その腰に腕をまわしながら踊りの輪の中にすべりこんだ。

「あなた、すっごく身が軽いわね。今、歩いているところを見かけて、反射神経《はんしやしんけい》がよさそうだからステキな踊りになるかもって思ったんだけど、想像以上。私、アーデルハイトよ。マールブルク家の」

マールブルクは、人口三十万ほどの街と、そのあたり一帯の土地を所有《しよゆう》する貴族だった。金満家《きんまんか》と言われていたが、惜《お》しむらくは格式が低い。

「あなたのお名前を、教えていただける？」

聖樹が名乗ると、アーデルハイトは、目を丸くした。

「ミカエリスっ!?　あの名門の？　信じらんない。両親に言ったら、心臓麻痺《まひ》を起こすわ。名門が好きなのよ。でも私は、そんなの関係ない。たくましくて美しい男だったら、誰でも好きよ。あなたみたいにね」

踊りながら話し、笑って、楽しい時間を過《す》ごす。

これが恋人だったら、もっと楽しいに違いないと聖樹は思った。

誰かと恋をして、一夜を過ごすことを夢見る。

そうできたら、どんなに幸せだろう。

だが、それは夢でしかなかった。

許されていない。

「あら、もう一曲終わりなの？」

アーデルハイトの声を聞きながら見れば、先ほど待っていると言った女性の後ろに、順番待ちの長い行列ができていた。

リーザが、まいったといったような顔で、彼女たちを整列させている。

「まぁ、渋滞《じゅうたい》」

そう言ってアーデルハイトは、くすっと笑った。

「私も、あの最後につくわ。もう一度、あなたの広い胸に抱かれて踊りたいの。私ったら、恋に落ちたみたい。じゃ、後でね」

さっと離れていくアーデルハイトを見送って、聖樹はあわててリーザのそばに寄る。

「目立ちすぎだろ。おまえも踊れよ。そしたら数が減《へ》る」

リーザは、うんざりするといったようにため息をついた。

「オレで間に合うんなら、とっくにそうしてるよ。おまえ、とにかく踊れ。これをこなすんだ。それしかない」

それからは、楽しむ余裕《よゆう》もなかった。

まるでメリーゴーランドの木馬のように、音楽に合わせてまわり続ける。

「数が減らないじゃないか。どうしてだ」

「踊った女が、もう一度並ぶからだろ」

「制限《せいげん》しろよ」

「無茶言うな。何言ったって、聞きゃしない。まるで熱病《ねつびょう》だ。誰が何と言っても、私は絶対にもう一度あの方と踊ります、こればっかだよ」

夜がふけ、会場が閉鎖《へいさ》されるのを待つか、こっそり逃げ出すか、どちらかしかなかった。

聖樹は、後者を選ぶ。

リーザと示《しめ》し合わせて、非常口から何とか脱出《だっしゅつ》した。

広い庭の中を歩き、三十分ほどもかかって裏口を見つけ、そこから外に出る。

乗ってきた車は駐車場にあり、呼び出しは、正面玄関《げんかん》からしかできなかった。

しかたなく館の脇道を歩いて、正面玄関に向かう。

「おまえを、女の前に連れ出すのは危険だってことがよくわかった。女は、木天蓼《またたび》を見せられたメス猫みたいになる」

言われなくても、もう当分、舞踏会には顔を出すまいと決めていた。

疲れすぎる。

「で、貴女《ダアム》候補は見つかったのか」

リーザに聞かれて、聖樹は首を横に振《ふ》った。

「印象に残った子はいたけど」

アーデルハイトを思う。

勝気そうでさっぱりしていて楽しかったが、どことなく現代っ子のような雰囲気《ふんいき》があり、貴女《ダアム》という感じではなかった。

貴女《ダアム》の源流《げんりゅう》は、聖母《せいぼ》マリアである。

騎士団の騎士全員に、包みこむような愛情を注《そそ》ぐことのできる女性であってほしかった。

美女より、母性を感じさせる女性の方がいいと考えながら、自分の貴女《ダアム》のイメージが母であることに気づく。

母は、病床にある今でこそ、はかなげな容貌《ようぼう》だったが、その昔は明るく、よく笑う女性だったと聞いた。

聖樹はそんな母を見たことがない。

だが、想像することはよくあった。

母が健康でさえあれば、自分の貴女《ダアム》になってほしかった。

「急いで決めて、ヨハンナを追い出すんだろ」

そのつもりでいるが、誰でもいいというわけにはいかない。

「次は、大学のキャンパスにでも行ってみよう。適当《てきとう》な女性が見つかるかもしれない」

そう言うと、リーザが嫌な顔をした。

「また、さっきみたいな騒《さわ》ぎになるぜ。女がいない大学にしろよ」

「何のために行くと思ってるんだ」

そう言いながら、自分でも、この方法ではだめかもしれないと考える。

通りすがりや行き当たりばったりで、貴女《ダアム》が見つかるはずがない。

「親族《しんぞく》の中から選んだ方がいいかもしれないな。性格もよくわかってるわけだし。だが私の方には、該当者《がいとうしゃ》がいない」

リーザが軽くうなずいた。

「じゃ、オレの親戚《しんせき》関係を当たっておく。だがうちの家系は皆《みんな》、タッパがあるぜ。女でも、最低身長百八十だ」

聖樹は、自分の身長を考える。

並んだ時に、貴女《ダアム》の背が総帥を上《うわ》まわるようでは、権威《けんい》が傷《きず》つく。

せめて同じでありたかった。

「百八十五までなら、許す。紹介してくれ」

そう言うと、リーザは一瞬《いっしゅん》、問《と》い質《ただ》すようにこちらを見た。

「仲介《ちゅうかい》をする立場として、各親に説明しなけりゃならないから聞いておきたいんだが、総帥は、貴女《ダアム》と寝るのか？」

　聖樹は、目を見開く。

　思ってもみない問いかけだった。

「なんだ、それは」

　そう聞くと、リーザも唐突《とうとつ》だったと思ったらしく、うなずいた。

「ん、前総帥に関して、そういう噂《うわさ》があったからな。いちおう聞いてみただけだ」

　そうだったのかと聖樹は思う。

　父は、母と結婚した後も、元恋人のヨハンナと切れなかったのか。

　噂だけかもしれないし、事実かもしれなかった。

　ヨハンナが、それをあてにして貴女《ダアム》になろうとしたということはありうることだ。

　あのヨハンナなら、自分を捨《す》てたことを表ざたにしてスキャンダルにすると父を脅《おど》し、関係を続けた可能性《かのうせい》もある。

　いずれにしても、母は、さぞつらかったことだろう。

　父に愛され、親族の反対を押し切ってまでこの国に来たというのに、過去の恋人ヨハンナが貴女《ダアム》として同居しており、それが今も関係を持っているとなったら・・・まるで地獄《じごく》のようだ。

　父にしても、決して居心地《いごこち》の良い状態ではなかっただろう。

　聖樹は大きな息をつく。

「父に関してはよくわからないが、私はそんなことはしない」

リーザは、うなずいた。

「了解《りようかい》。で、もう一つ聞くが、総帥と貴女《ダアム》は一心同体《いつしんどうたい》だ。一緒に職務《しよくむ》に励《はげ》むうちに、愛が芽生え、結婚するという可能性もあるのか」

聖樹は、ちょっと笑った。

「それもないな。総帥の四誓願《しせいがん》第一規定《きてい》は、肉体の純潔《じゆんけつ》を保《たも》つことだ。総帥位にとどまりたかったら、それを死守《ししゆ》しなければならない」

リーザは、目をむく。

「なんだ、それは。まさか一生、女を抱くなってことか」

聖樹はうなずいた。

「そうだ」

呪《のろ》うようだったヨハンナの眼差《まなざし》を思い出す。

「生涯《しようがい》、不犯《ふはん》だ。まるでボーズさ」

リーザは、マジマジとこちらを見つめ、心底から同情するような顔つきになった。

「オレだったら、気ぃ狂《くる》う。一生、女なしなんて死んだ方がましだ。疲《つか》れた時や傷ついた時に、女の胸で憩《いこ》えないなんて。だいたいそれじゃ結婚もできないし、家庭はもちろん、自分の子供さえ持てないだろ。生涯、孤独《こどく》だ。狂い死にするぜ」

聖樹は、くすっと笑う。

確かに、生涯どんな愛も結べず、どんな家庭に憩うこともできないと考えると、呆然《ぼうぜん》とする思いだった。

どんな素晴《すば》らしい出会いに恵まれても、どれほど心を惹《ひ》かれる女性に出会ったとしても、その前を通りすぎなければならないのだ。

そして一生を、一人で過《す》ごす。

それは確かに、狂おしい人生かもしれなかった。

「それこそ憲章《けんしょう》を改正しろよ。そうすれば、問題がなくなる。四誓願を廃止《はいし》するか、守らなくてもいいようにするんだ。何とでもなるだろ」

一瞬、心を誘《さそ》われた。

確かに、総帥の権利をもってすれば、何とでもなる。

そうできたら、どんなにいいだろう。

誰かを愛し、愛されて、人生を一緒に過ごせたら、心から愛し合い、精神をみがき合い、弱さをかばい合っていつまでも、ともに歩いていけたら、これ以上の幸せはない。

だが、そのために憲章に手をつけるのなら、自分のために憲章を変えようとするなら、それは独裁者《どくさいしゃ》だった。

そんなことはできない。

たとえ今、多くの騎士たちから独裁者と呼ばれようと、そうではないという誇《ほこ》りが聖樹にはあった。

しかし、自分の幸せのために憲章に手をつけたら、それは非難《ひなん》に値《あたい》するものになる。堕落《だらく》でしかなかった。

聖樹は、自分を励《はげ》ますように声に力をこめる。

「自分のために憲章を変えるわけにはいかない。それこそ独裁じゃないか。そんなことは絶対にしない」

言い切ると、やがてリーザの腕が肩を抱いた。

「不器用なヤツだ」

肩をあずけたまま、リーザの体の温かさを感じながら夜道を歩く。

「かわいそうなおまえのために、癒し系の貴女《ダアム》が見つかるように神に祈《いの》ってやるよ」

そう言ったリーザの気持ちが神に届いたのか、その夜、聖樹は夢に見た。

一人の少女が歩いてきて、目の前に立つ。

小さな子供を二人、連れていた。

それが男の子であることはわかった。

だが光がまぶしくて、少女の顔が見えない。

それにもかかわらず聖樹には、その少女が自分の母に似ていることがはっきりとわかるのだった。

まだ病気に倒れる前の、明るく、よく笑う母。

聖樹が想像の中でしか見たことがないその母に、少女はそっくりなのだった。

自分の貴女《ダアム》だと、一目で確信《かくしん》した。

「初めまして」

その少女は、日本語で言った。

母の国の言葉であり、母の国の少女だった。

「ようこそ、日本へ。お待ちしていました」

まぶしすぎる光が徐々《じょじょ》に落ち着いていき、その少女の顔が見え始める。

聖樹は思わず手を伸ばし、少女の両腕をつかんだ。

瞬間《しゅんかん》、目が覚める。

大きな息をつきながらベッドから半身《はんしん》起き上がった。

両手を開いてみると、そこにまだ少女の腕の感触《かんしょく》が残っている。

胸では、心臓が壊《こわ》れそうなほど大きな音を立てていた。

まるで現実のような気がする。

顔も見えないその少女が、どこかで生きていて、いつか会えるような、そんな気持ちがしっかりと心に根を張《は》っていた。

胸に温かなものを抱《かか》えているような気分で、聖樹は微笑《ほほえ》む。

何だろう、これは・・・。

大声が聞こえたのは、その時だった。

「断《ことわ》る！　オレは、いやだっ!!」

警備用の隣室《りんしつ》で寝ているリーザの絶叫《ぜっきょう》だった。

うなされるかのような切羽《せっぱ》つまった声に、聖樹は起き上がり、ベッドから下りると、そっとドアを開ける。

暗がりの中、ベッドの上に起き上がっているリーザの姿が見えた。

カーテンの隙間《すきま》から差しこむ月光に照らされたその横顔は、死人のように青ざめている。

目には、恐怖《きょうふ》が浮かんでいた。

「菩提樹下《ぼだいじゅか》の三人」であったリーザが、恐《おそ》れおののいている。

聖樹は、あわててドアを閉じた。

見てはいけないものを見たような気がした。

孤立《こりつ》

「独裁者《どくさいしゃ》を倒《たお》せ！」

総帥《そうすい》の居住区の表ドアに、赤いペンキで書かれた落書きが見つかったのは、翌週《よくしゅう》のことだった。

ドアは回廊《かいろう》に面しており、誰《だれ》もがその前を通ることができる。

ドアの前には、交代時を除《のぞ》いて常時二人の警備《けいび》がついていた。

交代時間をねらって書いたか、それとも警備者自身が実行犯《じっこうはん》なのかもしれない。

「へたな字だ」

そう言って聖樹《せいじゅ》は、前を通りすぎた。

リーザが舌打《したう》ちして警備を呼びつける。

「警備は、何人態勢《たいせい》だ？　三倍に増やせ」

敵にまわした騎士《きし》の数は多い。

嫌《いや》がらせは、今後も続くだろう。

だが、やることは、やらねばならない。

総帥会議室のドアを開けると、左手に総帥の執務机《しつむ》があり、その前に会議に使うソファが、低いテーブルを囲んで並べられていた。

座《すわ》っていた二十四人の騎士たちが、いっせいに立ち上がる。

「ごくろう」

そう言いながら聖樹は机についた。

後から入ってきたリーザが、脇《わき》に立つ。

机の上には、過去の総帥たちが騎士に任命《にんめい》した騎士の名簿《めいぼ》が二十四冊、並べられていた。

「私が、『銀の薔薇《ばら》騎士団』憲章《けんしょう》に、新しい条項《じょうこう》を追加したことは、聞いていることと思う。これに基づき、私以前の総帥に任命された騎士たちの認否《にんぴ》を決める。諸君《しょくん》にお願いしたのは、この国内にいる騎士たちの仕事ぶり、および素行《そこう》についての調査だ。諸君が集めてきた情報を元に、再評価を行い、本人との面接《めんせつ》も含《ふく》めて再任するかどうかを決める。調査期間は一カ月。それまでにできるだけ多くの情報を集めてほしい。よろしく頼《たの》む」

話を終えると、一人ずつにその名簿を手渡し、激励《げきれい》して送り出した。

続いて机の引き出しから各国大集会所《ロッジ》名簿を出し、世界中に散っている騎士たちの大集会所《ロッジ》管理者に電話を入れて同じ依頼をする。

一国に一つ置かれている大集会所《ロッジ》に連絡すれば、その国中にある小集会所《ロッジ》に命令が行きわたることになっていた。

午前中いっぱいかかってその作業を終える。

「これでデータがそろう。一カ月後には、清浄化《せいじょうか》に着手できるぞ」

それまでに貴女《ダアム》の方も何とかしたいと考えながら、ふと日本を思った。

あれは、正夢《まさゆめ》だろうか。

「総帥閣下《かっか》」

あわただしい足音とともに、連絡の騎士がドアから顔を出した。

「前総帥の病院の院長からお電話です。こちらにおまわししました」

呼び出し音が鳴り始める。

聖樹は受話器を取り、院長の長い挨拶《あいさつ》を受けた。

「どうぞ、ご用件を」

うながすと、院長はようやく切り出す。

「意識の回復《かいふく》は困難《こんなん》、今後も望めないかと思われます。今日のお電話は、容態《ようだい》がお変わりになった場合、生命維持装置《いじそうち》をおつけになるかどうかのおうかがいです」

こんな時は、母の意見も聞かなければならないのだろうが、母も病床《びょうしょう》にあった。

生命維持装置をつけて奇蹟《きせき》を待つか、それとも総帥らしく自力のみで生き、それが尽《つ》きたら死ぬことを選ぶか。

聖樹は、一人で決断《けつだん》する。

「維持装置はつけません」

もし父本人に選ばせても、きっとそう言うだろう。

「容態が変化しましたら、すぐご連絡ください」

父のやり残した仕事は、自分がカタをつける。

その報告ができる時まで、なんとか自力で生きていてほしかった。

当主《とうしゅ》も総帥も、生涯《しょうがい》、背負《せお》い続けていかなければならない責務《せきむ》だが、死ぬ直前くらいは、そこから解放してやりたい。

すべては自分が受け取り、完結させたと告《つ》げて安心させたかった。

「父様《とうさま》の顔を見にいこう」

リーザを連れて会議室を出ながら考える。

一カ月たって調査の結果が出てきたら、忙《いそが》しくなることはわかりきっていた。

騎士たちの反発も、ますます強くなって、不穏《ふおん》な空気が生まれるだろう。

ここを離れることは、難《むずか》しくなる。

母を日本に連れていくとしたら、その前の方がよいのではないか。

「おい、あれ」

リーザが肩をつかみ、目で回廊の向こうを指した。

先ほど調査を命じた二十四人の中の一人の騎士が、回廊に通じる新棟《しんとう》の廊下《ろうか》から出てきて、正面玄関《げんかん》へと向かっていくところだった。

「あの廊下の先は、アクスクーの住居棟だ」

聖樹は、リーザをにらむ。

「二十四人の騎士は、厳選《げんせん》メンバーじゃなかったのか」

リーザは、くやしそうに頬《ほお》をゆがめた。

「そのはずだったんだが。おのれ、あいつ、引っつかまえて吐《は》かせるか」

聖樹は、首を横に振《ふ》る。

「小物だ。放っておけ。あいつの調査報告は、きっとアクスクーに都合のよい形で出てくるだろう。それを見れば、向こうの意図《いと》が読める。利用させてもらうとしよう。それより館内のインターネットをチェックしろ。すべてのメールを見られるようにしておくんだ。誰かを張《は》りつけて、監視《かんし》させせろ」

リーザはうなずき、いつになく心配そうな表情になった。

「アクスクーは、一カ月後には自分の地位が危なくなると知ったわけだ。となったら、それより前に、おまえを片づけようとするだろう。もう一度、爆破《ばくは》か、銃撃《じゅうげき》か、それとも総帥位を返上しなければならない立場に追いこむか。たとえば四誓願《しせいがん》を破《やぶ》らせるとか」

そう言いながら、ふっと笑った。

「一番、簡単なのは、何といっても四誓願の第一規定《きてい》をねらうことだな。肉体の純潔《じゅんけつ》を守る、こいつだ。おまえ、ハニートラップに落ちるなよ」

聖樹は苦笑《くしょう》する。

「おまえじゃあるまいし」

リーザはムッとむくれたが、どうにも心配そうな顔つきだった。

正面玄関に差しかかる頃になって、ぱちんと指を鳴らす。

「いいことがある。調査結果が集まるまでの一カ月、おまえ、どっかに行ってろよ。この国を離れるんだ。そうすれば確実に身を守れる」

聖樹は、自分が日本へと押し流されていくような気がした。

母の願い、仕事の都合、そして安全、すべてが聖樹を日本へと誘《いざな》っていた。

これは、運命だろうか。

「母を日本に連れていってやりたいと思っていたんだが」

そう言うと、リーザは、大きくうなずいた。

「いい口実《こうじつ》になる。総帥たるもの、攻撃《こうげき》を避《さ》けるために逃げ出すとは言えないからな。日本に行こうぜ。一カ月で戻ればいい。ドイツ日本間は、約十二時間だ。近い近い」

ある愛《あい》の物語《ものがたり》

まず電話で、母の病院の医長にたずねる。こう言われた。

「先日のご夫君《ふくん》の悲報《ひほう》に続き、今度はラ・ルリジオン様の訃報《ふほう》。これらでたいそうショックを受けられたご様子です。正直に申し上げて、治療《ちりょう》の成果は上がっていません。この先も同様かと思われます。ご本人の希望があるのでしたら、環境を変えるのもいいかもしれません。医療チームを同行させ、またデータを日本の病院に送って、同じ治療が受けられるようにいたします」

了解《りょうかい》を得《え》て、それを告《つ》げるために母に会いに行く。

「医長の許可が下りましたよ。日本に行きましょう」

ベッドの脇《わき》に歩み寄《よ》ってそう言うと、母は喜んだが、以前と違って、どこか上《うわ》の空《そら》のようなところがあった。

感情自体が、希薄《きはく》になっているように感じられる。

元々はかなげな雰囲気《ふんいき》を漂《ただよ》わせていたのだが、いっそうその気配が濃《こ》くなり、この世のすべてから身を引いていこうとしているかに見えた。

聖樹《せいじゅ》は、たまらない気持ちになる。

つらい思いだけして、このまま死んでしまうのだとしたら、母の生涯《しょうがい》はいったい何だったのだろう。

「母様《かあさま》」

思わず、口に出た。

「父様《とうさま》と結婚して、母様は幸せだったのですか。それでよかったのですか」

母は天井《てんじょう》を仰《あお》いだまま、ふっと微笑《ほほえ》んだ。

「それは、幸せという言葉では表せません」

そう言いながら笑みを広げる。

「それを超《こ》えるものでした。私たちは、どんな犠牲《ぎせい》を払《はら》ってもいいと思っていたのです。自分たちが一緒になることは、すべての犠牲に値《あたい》すると。それで結婚しました。あらゆることは、覚悟《かくご》の上でした」

聖樹は、胸を突《つ》かれる。

初めて聞く、父と母の愛情物語だった。

「私は家を捨て、国を捨てた。でもお父様はミカエリスも、騎士団《きしだん》も捨てられなかった。私は、それを許しました。許し、受け入れることが、私の愛の形だったからです。つらいこともたくさんありましたが、後悔《こうかい》はしていません。お父様の愛を疑ったこともありません。それはいつも確実なものでしたから。もし、もう一度生まれ変わっても、同じ人生を選ぶでしょう」

そう言いながら母は、聖樹の方を向いた。

「あなたも、早くそんな相手にめぐり合えるといいですね。それは一生の、心の宝物ですから」

母は知らないのだった、自分の養子《ようし》が永遠に女性から隔《へだ》てられたことを。

「お父様が今朝《けさ》、私に会いにいらっしゃいました」

急にそう言われて、ドキッとする。

父が動けるはずはない。

母は、幻想《げんそう》を見るようになってしまったのだろうか。

「夢の中での話ですよ」

母の言葉に、心の底からほっとした。

「私たちは、死ぬ時も一緒かもしれないとおっしゃいました。そして、日本に行きたいなら、今のうちに行っておいでと。その次は、私が天国に連れていってあげるからね。そうおっしゃって微笑まれました。私が一番好きな、お父様の笑顔でした。このところ、あまり見ることがなかった素敵《すてき》な笑顔です。ラ・ルリジオンにそっくりでした」

言葉は、かき消すように細くなり、途絶《とだ》えて、母は眠りについた。

静かな寝息《ねいき》をくり返す。

ほつれて頬《ほお》にまつわった鬘《かつら》の髪をかき上げ、額《ひたい》にキスをして、聖樹は病室を出た。

二人の結びつきの強さを感じ、また同時に、母は自分の選んだ人生を懸命《けんめい》に歩んだのだと確《かく》信《しん》して、励《はげ》まされる思いだった。

自分も、自分の選んだ道をひたすらに歩もうと心を決める。

その足で、父の病院に向かった。

無言で横たわる父に、そっと話しかける。

「母様を、日本に連れていきます。それが、母様の希望です。私の責任《せきにん》において行動しますから。いいですね」

もし意識があって返事ができたとしたら、父は、母の願いを叶《かな》えるだろう。

今まで拒絶《きよぜつ》してきたのは、当主《とうしゆ》、総帥《そうすい》という立場であったからだ。

今、凶行《きようこう》に倒《たお》れて当主代理が立ち、また総帥位を離れたとあれば、一人の男、夫に立ち返り、妻の願いを叶えたいと思わないはずはない。

愛しているのだから。

ヨハンナとは、長くつき合ってきたと聞いた。

それならば、彼女の性格もわかっていただろう。

自分の意にそわない人間に、どんなことをする女かも知っていたはずだ。

それでも父は、母と結婚したのだ。

別れることができないほど、愛していたのだろう。

母の言っていたように、どんな犠牲を払ってもいいと思えるほど、一緒になりたかったのだ。

その情熱は、恋愛というより他に呼びようがない。

何の当てもない情熱であり、同時に、多くの犠牲を伴《ともな》うものでもあったはずだ。

聖樹は、父を見つめる。

それほど愛せる相手にめぐり合えた父を、うらやましく思った。

自分は、そうはいかないだろう。

それにしても父は、何と多くのものを背負《せお》い、耐《た》え、そして挑《いど》んできたことか。

スキャンダルを避《さ》けるためにヨハンナを貴女《ダアム》に任命《にんめい》せねばならず、彼女との同居を強《し》いられ、妻への気遣《きづか》いをし続け、その妻は病気に倒れ、またアクスクーが手を伸ばしている「銀の薔薇《ばら》騎士団」の改革《かいかく》にも着手《ちゃくしゅ》しなければならなかったのだ。

「また来ます。今度はいい報告を持って。それまでどうぞ、待っていてください」

今は、ただゆっくりと休んでほしかった。

聖樹は姿勢《しせい》を正し、平手を胸に当てて父に敬礼《けいれい》する。

「今まで父様が背負われてきたすべての重荷《おもに》は、私が背負います、ご一任《いちにん》ください」

謎《なぞ》

新総帥《しんそうすい》の日本行きが発表されたのは、翌日である。

関係各所が、すぐ手配に動いた。

逆に、各所からの連絡文書も次々とメールで入ってくる。

「日本には、東京九段《くだん》に大集会所《ロッジ》があり、宿泊設備《せつび》が整っている。ここが落ち着かなければ、都下にいくつかの小集会所《ロッジ》もある。また大集会所《ロッジ》の近くには、騎士団《きしだん》が管理運営している総合病院がある。ここに奥様のための一室を確保《かくほ》する予定である、ってさ」

パソコンの前に座ったリーザが読み上げていく。

「えっと次、東京には、騎士団《きしだん》が資金援助《しきんえんじょ》をしている商社二社と学校三校がある。新総帥としてぜひ一度顔を出しておいていただきたい、って」

騎士たちの認否《にんぴ》のための調査は、日本の大集会所《ロッジ》管理者にも依頼《いらい》してある。

日本に行くというのに会わないわけにはいかないだろうし、そうなれば管理者は歓迎《かんげい》パーティを開いて、その商社社長やら学校長やら関係者を呼ぶだろう。

どの道、顔を合わせることになるのなら、この際、先に表敬訪問《ひょうけいほうもん》し、友好《ゆうこう》を深めて味方にした方がいいかもしれなかった。

「行くと言っておけよ。随行者《ずいこうしゃ》は誰《だれ》だ」

リーザが受信メールをスクロールし、担当部署《ぶしょ》からの文書を見つける。

「全員で、三十六人だな」

聖樹《せいじゅ》は、うんざりした。

自分も、父と同じように大名行列《だいみょうぎょうれつ》を引き連れて動くことになるのだった。

「随行の責任者《せきにんしゃ》は誰かというと」

そう言いながらリーザが、急に真剣《しんけん》な顔になる。

「おい・・・ドランドだぜ」

聖樹は、唖然《あぜん》とする。

ドランドは、アクスクーの末弟《まってい》だった。

騎士団の中ではあまり目立つ存在ではなく、兄アクスクーの力で引き立ててもらって、なんとか上位の地位を保《たも》っているという感じがある。

それだけに兄には忠実《ちゅうじつ》だが、どう考えても有能《ゆうのう》な人物ではなかった。

「なんで、ここでドランドなんだ。読めねぇな。ちっきしょう、アクスクーのヤツ、何をたくらんでやがる」

もっとすぐれた人物もいるはずなのに、あえてドランドを同行させる目的は何なのか。まったくわからないだけに、才気《さいき》のある人間をつけられるよりはるかに不気味《ぶきみ》だった。

聖樹は立ち上がり、パソコン机と向き合っているリーザのそばに寄《よ》る。

「メンバーの変更は、可能《かのう》か」

リーザは、目をむいてこちらを見た。

「どういう理由でメンバー変更を持ち出すんだ。兄アクスクーが悪者だから、弟も信用できん、変更しろ、ってか？」

聖樹は、リーザの頭をこづく。

「こんな時に、冗談《じょうだん》なんか言うなよ」

ドランドは、アクスクーと違って子供好きで、よく子供部屋を訪れては遊び相手になっていた。

聖樹にはその時の印象《いんしょう》しかないが、お人よしという感じで、悪漢《あっかん》のイメージはない。覚えているのは、一つのことに集中すると、他が見えなくなるタイプであるということだけだった。

「メンバーを変更させると、向こうを刺激《しげき》するぜ」

めずらしくリーザが、穏当《おんとう》な意見を吐《は》く。

「新たにスパイを潜伏《せんぷく》させるかもしれない。それよりはドランドの方が、はっきりしていて警《けい》戒(かい)しやすい。このままにしておいた方がいい。オレがドランドに張(は)りついて、どんな動きも封(ふう)じてやる」

　とっさに聖樹は、首を横に振《ふ》った。

「いやドランドなら、私だけでも大丈夫だ。おまえには留守《るす》を頼《たの》みたい」

　リーザを手放すのは、苦しい。

　だが他に、頼める人間がいなかった。

「私が留守の一カ月の間に、アクスクーが何をたくらむか心配だ。その陰謀《いんぼう》のために有能な人材が必要で、私の方にはドランドしかまわせないのかもしれない。長老派《ゲローン》の動きも気になるし、ここにいて私に情報を送ってくれ。帰ってきたら即《そく》、決戦になる」

　リーザは、窮《きゅう》したような表情になった。

　言葉につまっている。

「どうした？」

　聖樹が問うと、あわてて取ってつけたような笑顔を浮《う》かべた。

「いや・・・。わかった。そうするよ」

　おかしい。

　そう感じながら、口に出せなかった。

　真夜中に絶叫《ぜっきょう》していたリーザの横顔がよみがえる。

「オレは、嫌《いや》だ！」

あれは、何だったのだろう。

いったいどんな苦悩《くのう》を抱《かか》えているのか。

できることなら、助けてやりたい。

だが、それに触《ふ》れると、自分たちの関係が壊《こわ》れていくような気がした。

恐《おそ》ろしくて、口に出せない。

朝《あさ》の薔薇《ばら》

ミカエリス家の敷地《しきち》内にある空港から、フランクフルト・アム・マイン国際空港の指示《しじ》を受け、母や医師団《いしだん》、随行《ずいこう》の三十六人とともに専用機で日本に向かう。

母と医師団は別室に入り、聖樹《せいじゅ》はその様子を見てから自分の座席についた。

「聖樹、二人で話すのは、ずいぶん久しぶりだね」

シートベルト着用サインが消えるやいなや、叔父《おじ》ドランドがシャンパンのグラスを手にやってきて、隣《となり》の席に腰《こし》を下ろした。

「よろしく頼《たの》むよ」

微笑《ほほえ》んでグラスを上げ、一人で飲み干《ほ》す。

それに気づいたアテンダントが、あわてて聖樹用のシャンパンを持ってきた。

叔父は、素早《すばや》く手を伸ばしてそのグラスを取り、代わりに自分の持っていた空のグラスを渡した。

「新しいグラスと、ボトルを。レオンハルト閣下《かっか》は、たっぷり召《め》し上がりたいそうだ。ドンペりなら、ゴールドをね。ああ抜栓《ぬきせん》してきてくれ。うるさいのはごめんだ」

別のアテンダントがテーブルを持ってきて、白いバチストのテーブルクロスを敷《し》く。

そこにシャンパンのボトルが置かれ、グラスが二つ並べられた。

「では、乾杯を」

叔父に言われて、聖樹もグラスを取る。

「君は、かなり飲めるの?」

教練《きょうれん》には、飲酒《いんしゅ》の訓練も入っていた。

叔父は、兄であるアクスクーの引きで騎士団《きしだん》に入っており、教練を経《へ》ていないから知らないのだろう。

世界中から集めたアルコールの味を覚えたり、量をこなして自分の許容範囲《きょようはんい》を広げたりするのだった。

聖樹はほとんど酔《よ》わず、また顔が赤らむこともなく、言動《げんどう》も乱《みだ》れず、教官からは、つまらない酒だと言われていた。

「ほどほどです」

そう答えると、叔父は、安心したような笑顔になった。

「十代じゃ、まぁ、そんなもんだよ。だんだん強くなって、私みたいになる」

多少自慢《じまん》げにそう言ったが、グラスを重ねるうちに酔い、ボトルの半分も飲まないうちに、寝こんでしまった。

アテンダントに起こされ、自分の席に連れていかれる。

騎士としては何ともだらしなく、聖樹自身の任命《にんめい》であったなら、すぐさま騎士位を剝奪《はくだつ》したいところだった。

だがアクスクーのまわし者と考えれば、無能《むのう》なくらいでちょうどいい。

無能すぎて、逆に、何をたくらんでいるのか心配になるほどだった。

気を抜《ぬ》かないようにしていなければならない。

「新しいボトルをお持ちしましょうか」

アテンダントの言葉に、聖樹は首を横に振《ふ》り、残りを一人で飲んだ。

窓に目を向ければ、闇《やみ》の中に、自分の顔が映っている。

母のことは医師団にまかせておけばよかったし、留守《るす》はリーザが見張《みは》ってくれていた。

ドランドにさえ気をつけていれば、この一カ月は、今までになくゆっくりとすごせる期間かもしれなかった。

帰れば、修羅場《しゅらば》だ。

気持ちを休めておこうと思いながら、座席を倒《たお》す。

「レオンハルト様、お休みでしたら、ベッドのご用意がございますが」

寄ってきたアテンダントに、微笑んだ。

「このままでいい。夜を見ていたいから」


いつの間にか寝入って、気がつくと白々《しらじら》とした光が空を染《そ》め始めていた。

「おはようございます。お目覚めに、ミントチョコレートをどうぞ」

アテンダントから渡されたチョコレートを口に入れる。

目覚めは、いつも何となくぼんやりしている。

子供の頃からそうで、ベッドの中でミントチョコレートを食べるのが習慣《しゅうかん》だった。

「当機の到着《とうちゃく》予定時刻は、現地時間で十五時でございます」

洗面所に立って朝の身づくろいをし、戻ると、テーブルに朝食の用意がされていた。

手をつける前に、母の部屋に顔を出すことにする。

「朝の花を持ってきてくれ」

専用機に積みこませておいたシャンパン・ゴールドの薔薇《ばら》の花をアテンダントに束《たば》ねさせ、それを手にして通路の突《つ》き当たりにある別室のドアをノックした。

夜勤《やきん》の医師が顔を出し、病状に変わりがないことを教えてくれる。

「入ってもいいですか」

許可《きょか》を取って中に足を踏《ふ》み入れ、母のベッドに近寄った。

枕元に、薔薇を置く。

甘い香りが漂《ただよ》い、母がふっと目を開けた。

「おはよう、母様《かあさま》。朝の薔薇をお持ちしました。ご気分はいかがですか。あと少しで、母様の日本ですよ」

母はうなずいたが、起き上がる気力はないようだった。

すぐ目を閉じてしまう。

聖樹はしばらくそばについていて、医師に後をまかせ、退出《たいしゅつ》した。

少しでもいい、元気になってほしい。

そう思いながら朝食をとった。

終わると、リーザの携帯《けいたい》に電話を入れる。

執務室《しつむしつ》の固定電話より、携帯の方が出やすいと言われていた。

「何か、あるか」

妙《みょう》に、電話の向こうが騒《さわ》がしい。

「いや、何もない」

どこか戸外にいるようだった。

「何してるんだ」

「情報収集だ。何かあったら連絡する。じゃ」

聖樹が切る前に、向こうから切るのはめずらしいことだった。そそくさとしているように感じられたのは、気のせいか？

考えこみながら聖樹は、日本語の知識を確認するためにパソコンを開き、イヤフォンをつける。

着陸時間までに、すっかり復習を終えた。

空の上から見下ろす日本は、山が多く、高度が下がると多くの家も見えてきて、これが母の国かと思うと、感慨《かんがい》深かった。

ふと、あの夢を思う。

日本にようこそと言ったあの少女に、もしかして会えるかもしれない。

そんなことを考える自分を、冷笑《れいしょう》した。

専用機はやがて海に出て、しばらく着陸《ちゃくりく》待ちをした後、大きく旋回《せんかい》しながら成田《なりた》空港に舞《ま》い降りる。

聖樹は、まず母のストレッチャーと医師団を送り出してから、税関《ぜいかん》を通って空港ビルに入った。

「聖樹、悪いが」

叔父が歩み寄ってくる。

「ここで別行動とさせてもらいたい。実は、私は日本に家庭を持ってるんだ。子供もいる」

聖樹は目を伏《ふ》せ、驚きを隠した。

叔父は、妻や子供たちと一緒にミカエリスの館に住んでいる。

つまり、二重結婚というわけか。

ここまで同行してきたのは、家族に会うためだったのかもしれないと考えると、今までの疑問に合点《がてん》がいった。

アクスクーにとっては、身内の不祥事《ふしょうじ》である。

隠《かく》しておきたくて、随行《ずいこう》を命《めい》じた可能性《かのうせい》は大きい。

「後のことは、随行者の中の最高位の騎士にまかせておいた。私よりきちんとやってくれると思うが」

それは、きっとそうだろう。

「じゃ、よろしく」

そう言って叔父は、二人の騎士を連れ、足早にロビーに向かった。

見送って聖樹は、ほっと息をつく。

今までの緊張《きんちょう》が一気に途切《とぎ》れ、解《と》き放たれたような気分になった。

初《はじ》めての日本《にほん》

「お待ちしていました」

ロビーに出ると、すぐ中年の男性が歩み寄《よ》ってきた。

後ろに数人の若い男性を連れている。

「邦彦《くにひこ》・布施《ふせ》と申します」

聖樹《せいじゅ》は、差し出されたその右手を握《にぎ》った。

指の形で、すぐ大集会所《ロッジ》日本支部の管理者《かんりしゃ》とわかる。

騎士《きし》順位三十五番目の、「古都《こと》の騎士」だった。

それを受けて聖樹は、指を使って総帥《そうすい》の印《いん》を見せる。

布施は身じろぎし、感じ入ったように目を伏《ふ》せて結ばれたままの手を見つめた。

「光栄です、総帥閣下《かっか》。総帥の印を拝受《はいじゅ》するのは、生まれて初めてのことです。感激しました。ありがとうございます」

そばを通り過《す》ぎていく旅行者や、出迎えにきている日本人たちには、握手《あくしゅ》をしている光景としか映らないようで、こちらに注目する者は誰《だれ》一人としていなかった。

「奥様は、すでに病院の方にお連れいたしました。これはご伝言です」

差し出された小さなCDを、聖樹はポケットに入れる。

後で、余裕《よゆう》ができたら聞こうと思った。

「今夜は、歓迎《かんげい》の晩餐会《ばんさんかい》を用意しております。それまでいく分時間がありますが、どこかご覧になりたいところでもあれば、車でご案内いたします。それとも宿泊所でゆっくりされますか。大集会所《ロッジ》でも小集会所《ロッジ》でもお泊まりになれるように準備してあります」

聖樹は、礼を言ってから切り出す。

「我《わ》が騎士団が資金援助《えんじょ》をしている商社と学校をまわって、責任者に挨拶《あいさつ》をしておきたいのだが」

布施はすぐさま後ろを振《ふ》り返り、ついてきていた男の一人に命じた。

「道順を決め、先方にアポを取ってくれ」

男はうなずき、急いでその場を離れていく。

「では総帥閣下、車にどうぞ。お連れの方々は、どうなされますか」

聖樹は振り返り、随行者《ずいこうしゃ》を見まわす。

中から、一人の騎士が進み出た。

「ドランド様より、後のことをまかされたクロマティです。総帥閣下の警備《けいび》に六人、随行させていただきます。残りは、私が率いて大集会所《ロッジ》に向かい、待機《たいき》いたします。それでよろしいでしょうか」

きびきびとした物言いで、ドランドよりはるかに有能《ゆうのう》そうだった。

運命《うんめい》の急転《きゅうてん》

用意されていたリムジンで、二つの商社と学校をまわり、挨拶《あいさつ》を終える。

時間も、これから晩餐《ばんさん》会場に向かえばちょうどよいころになっていた。

「では、これで」

最後の学校の校長室を出て、来賓《らいひん》昇降口《しょうこうぐち》からグラウンドの脇《わき》を通って駐車場に向かう。

「あ、いけねっ！」

大声がし、振《ふ》り返ると、こちらに飛んでくるサッカーボールが見えた。

頭上を通り、その先にある警備員《けいびいん》室の窓に向かっていく。

聖樹《せいじゅ》は、とっさに飛び上がり、片手を伸ばしてボールをつかんだ。

相当な速度が出ていたらしく、掌《てのひら》が熱くなる。

「すみません」

そう言いながらユニフォームを着た男子生徒が姿を見せた。

ゴールキーパーらしく、両手にグローブをはめている。

背が高く、肩幅《かたはば》が広くて胸の厚い、たくましい体格をしていたが、顔は十代前半のような童顔《どうがん》だった。

「ちょっとはずしちゃって」

聖樹は、手にしていたボールを足元に落とし、彼めがけて軽く蹴《け》った。

教練《きようれん》では、あらゆるスポーツをたたきこまれる。

サッカーは、どちらかといえば得意な方だった。

少年の胸元にボールが収まるのを見て、聖樹は背を向け、駐車場に向かう。

「どうぞ」

開けられたドアから乗りこもうとすると、窓ガラスに先ほどの少年が映っているのが見えた。

ボールを抱《かか》えたまま、後をついてきている。

聖樹は乗りかかった体を戻し、外に出て少年の方に向きなおった。

「何か、用か」

そう言ってから、もっとやさしい言葉を選べばよかったと後悔《こうかい》する。

騎士《きし》たちへの命令口調が、くせになっていた。

「あんた」

少年は、言葉遣《づか》いを気にするふうもない。

「すげぇな。ジャンプ力もだけど、とっさの動き、手首のバネ、判断力《はんだんりょく》、今のキック、それにコントロール、並みじゃないよ」

普通の少年から見れば、そう感じるのかもしれなかった。

「それにあんた、サッカー、好きだろ？」

一瞬《いっしゅん》、胸を突《つ》かれる。

得意ではあったが、そんなふうに感じたことは一度もなかった。

「蹴《け》る時、いい顔、してたからさ」

そう言いながら少年は、笑顔になる。

「サッカー好きなヤツは、皆《みんな》、友だちだよ。だろ？」

無邪気《むじゃき》さが輝《かがや》き立つような微笑《ほほえ》みが、まぶしかった。

「こら、高天宏《たかまひろし》」

学校長の後ろにつき従《したが》っていた集団の中から、一人の教員が踏《ふ》み出してくる。

「失礼だぞ。この方は来賓だ」

少年は、驚いたようにこちらを見た。

教員に止められても、まったく臆《おく》する様子もなく話を続ける。

「来賓って、あんた、いくつなの？」

聖樹は、くすっと笑った。

「十八だ」

少年は、信じられないといったように首を横に振る。

くせのない髪がサラッと乱《みだ》れて額《ひたい》に振りかかり、午後の光を受けて青く輝いた。

「めっちゃ高校生じゃん。だったら、さ」

そばまで駆《か》け寄《よ》ってきて、耳にささやく。

「サッカー好きなら、頼《たの》みを聞いてよ。うちのチームに入って、ゴールキーパーやってくんない？　もうすぐ試合なのに、キーパーが怪我《けが》しちゃってさ、キャプテンのオレとしちゃ、すごく困ってんだ」

教員がやってきて、少年の二の腕《うで》をつかみ上げた。

「おまえは、もうっ！」

少年は、教員の手を振り払《はら》う。

「あのねぇ、先生だって、今度の試合は大事だから必ず勝てって言ってたでしょ。この試合でいい成績残さないと、来期《らいき》の生徒募集に響《ひび》くからって」

教員はあわてて学校長たちの顔色をうかがった。

「おまえ、そういうことを、こんなとこで言うな。まったく場所柄も弁《わきま》えんと」

教員は少年の耳をつかみ、引きずるようにして昇降口の方に連れていく。

「痛っ！　放せよ」

少年の声が遠のいていくと、学校長の後ろの集団から、ほっとしたようなため息がもれた。

「失礼しました」

学校長が言い、車に走り寄ってドアを開ける。

「どうぞ」

聖樹は、少年の方を振り返った。

連れていかれる少年と、ふと目が合う。

「頼むよ。マジで、お願いっ！」

聖樹は、車に乗りこんだ。

キャプテンとして必死なのだろう。

学生サッカーの試合くらいなら、手を貸してやってもいいのだが、あいにく部員でもなく、生徒でもなかった。

「では、晩餐会場に向かいます」

大集会所《ロッジ》管理者《かんりしゃ》の声に聖樹はうなずく。

警備の三人が乗った車が先に発車し、それに聖樹のリムジンが続いた。

残りの三人の車は、後ろにつく。

聖樹はポケットから母のＣＤを出し、後部座席についているオーディオに入れてヘッドフォンを取り上げた。

すぐさま母の声が耳に流れこむ。

「日本に連れてきてくれてありがとう。私のことは、先生方におまかせしておいてくれれば大丈夫です。最悪の事態《じたい》になっても、恐《おそ》れないで。私の心は落ち着いています。お父様《とうさま》とともに、ラ・ルの待っている天国に行くだけですから。私たち親子三人は、この世から立ち去っていくのです。聖樹、あなたには申し訳ないことをしました。もうわかっていると思いますが、弱かった私を許してください。あなたに、平凡《へいぼん》で幸せな人生を返してあげたい。普通の一生を送れるような立場に戻してあげられたら、どんなにいいか。でもそれはもうできないことですから、せめてこの日本が、十八歳というあなたの年齢《ねんれい》にふさわしい、素晴《すば》らしい経験をさせてくれるよう望みます。帰ればまた厳しい毎日が待っているのですから、ここで少しでも休んでください。できれば、短期間でも学校に通ってほしい。そこで普通の人間関係を作り、また友だちを見つけてほしいのです。私の国、日本が、あなたに素敵《すてき》な思い出を作ってくれることを、そしてあなたも日本を好きになってくれることを願ってやみません」

聖樹は、ヘッドフォンをはずす。

壁にかかっている電話機を取り上げ、運転席に電話をかけた。

防弾《ぼうだん》ガラスの向こうで、助手席に座《すわ》った大集会所《ロッジ》管理者が電話を取るのが見える。

「日本では、生徒でない人間を学校主催《しゅさい》のスポーツの試合に出す時には、どのような処置《しょち》を取るのですか？」

少し間が開き、やがて返事があった。

「他校の生徒を、戦力のために助《すけ》っ人《と》として迎えるのは、野球部などではよくあることです。その場合は、たいてい転校させ、編入《へんにゅう》という形を取って自校の生徒としますね」

つまり、あの学校に入ればいいのだった。

聖樹は今まで、学校という所に通ったことがない。

叔父《おじ》ドランドも身辺から消えて警戒《けいかい》の必要がなくなり、また母の願いも通学にあるとわかった今、学生になるのも悪くなさそうだった。

「一カ月だけ、あの学校に短期留学《りゅうがく》したいのですが、手続きを取ってもらえますか」

出会《であ》い

その日、聖樹《せいじゅ》は初めて、日本の高校生のサッカーを経験した。

ゴールキーパーだったが、そのエリアから、相手チームのゴールマウスにボールをたたきこむこともできた。

皆《みな》が、あまりにも驚くので、一回だけにしておいた。

双方《そうほう》のイレブンともに、かなり動きが鈍《にぶ》く、攻守《こうしゅ》の切り替えの時も戻りが遅くて、いらいらすることもあったが、まぁこれが普通ということなのかもしれない。

試合後半は、とにかく自分に望まれている役割を果《は》たそうと心に命《めい》じていた。

「君、すごかったねぇ」

試合が終わってロッカールームに帰ろうとすると、地方記者らしい男性に呼び止められ、質問攻《ぜ》めにあった。

「どこの国？　いつから日本に？　今後は、どうするつもり？　身長があるからゴールキーパーなんだろうけど、もっと別のポジションをやりたいと思わない？」

くだらない質問を何とかこなし、急いでロッカールームに戻る。

そのドアに手をかけて開けようとすると、中から声が聞こえた。

「だから高天《たかま》さん、まずいってば」

チームメイトで一年生の、光坂亜輝《こうさかあき》の声だった。

長くスイミングクラブに通っていたとかで、髪がすっかり脱色《だっしょく》されて金髪《きんぱつ》になり、チームの中ではかなり目立つ存在だった。

「何が何でも、勝てばいいってもんじゃないよ。皆《みんな》の顔を見てごらんよ。今日の勝利は、自分たちのものじゃないって思ってる。こんなのって、よくないよ。ボクたちは、たとえ負けても、ボクたちらしい試合をすべきだ」

聖樹は手を止め、耳をすませる。

「レオンハルトを、オミットしろってことかよ」

高天がそう言うと、沈黙《ちんもく》が広がり、やがて苦しげな声が響《ひび》いた。

「はっきり言えば、そうだよ。あの人は、レベルが違いすぎる。ボクたちと一緒にやるのは無理だ。あの人のプレーを見ると、皆が委縮《いしゅく》する。思わず見とれて、そして自分の力を小さく感じて、自分が信じられなくなるんだ。走る方向にも、キックにも迷いが出て、思い切ってできなくなる。おまけにサッカーすることを全然、楽しめない。こんなのって、よくないよ」

「レオンは、オレが頼《たの》んだんだぜ」

高天が、声を荒立《あらだ》てた。

「それを快《こころよ》く受けてくれて、留学《りゅうがく》って手続きまで取ったんだ。練習にもきちんと参加して、今日だって一生懸命《けんめい》やってくれた。それを、どういう理由で、もうはずれてくれなんて言えるんだよ。うますぎるからってかっ⁉」

再び、沈黙が広がる。

「一カ月だよ」

高天が、哀《かな》しげに言った。

「レオンがここにいるのは、たった一カ月だけなんだ。その間、我慢《がまん》してくれよ。頼む」

聖樹は、ドアから離れる。

ロビーに続く廊下《ろうか》を歩きながら考えた。

こんなことになるとは思わなかった。

だが、確かに無理があったのだろう。

すでにできあがっているチームには、それなりのスタイルや、目指すところがある。

異国で、まったく違う育ち方をした自分が、いきなり参入してうまくなじめるはずがない。

高天に、肩身《かたみ》の狭《せま》い思いをさせるのは、かわいそうだった。

こちらから、やめると申し出てやった方が、いいだろう。

高天も、気が楽になるはずだ。

少しの間だったが、高校生活というものを体験できて、よかった。

母も、喜んでくれるだろう。

明日からは、母のそばにつきそおうか。

それとも東京を見てまわろうか。

見まわせば、ロビーは観戦を終えてグラウンドから入ってきた保護者でこみ合い始めていた。

笑顔で語らう家族の姿を見ながら、聖樹は孤独《こどく》をかみしめる。

この日本に、自分の居場所はないのだろう。

自分のいるべきところは、おそらく、あの戦いの中なのだ。

あそこに戻っていくしかない。

あれだけが、自分のすべてなのだ。

「あ、こっち、こっちだって」

声を張《は》り上げながらロビーを走りすぎようとした一人の子供が、目の前ですべる。

そのまま観葉植物の鉢植《はちう》えに突《つ》っこみそうになった。

聖樹はとっさに飛びつき、腕《うで》の中に抱《かか》え上げる。

「ありがと、お兄ちゃん」

そう言って子供は、あどけない笑顔を見せた。

「ちょっと急いでて、ね。失敗しちゃった」

聖樹は子供を下ろし、頭をなでてから背を向け、ロッカールームに引き返した。

高天に、急な用事ができてもうここには来られないと言うつもりだった。

背後《はいご》で、子供の声が響《ひび》く。

「ここだよ。今、すべっちゃってさ」

別の子供の声が続いた。

「気をつけないからだよ。人吾《じんご》はすぐ調子に乗るんだから」

少女の声もする。

「ケガしなかった？」

「ん、あの人に止めてもらったから」

「え、どの人？」

「あっちに行っちゃった。あのモニュメントの向こう」

「ちゃんと、お礼言った？」

「言ったから大丈夫。行こ、夢美《ゆめみ》ちゃん」

「そうね、宏《ひろし》に、差し入れ届けないと」

宏というのは、高天宏のことだろうか。

聖樹は振《ふ》り返り、数歩引き返してモニュメントの間から声の方をのぞく。

そこに一人の少女がいた。

両側に、二人の男の子が立っている。
聖樹は目を見開く。
それは、夢に見た光景だった。
あの時、少女の顔は見えなかった。
だが、今は、はっきりと見えている。
顔というよりもその全体の雰囲気《ふんいき》が、病気に倒れる前の母を思わせる少女だった。
貴女《ダアム》だ！
本当に出会えた！
自分だけの貴女《ダアム》、やっと見つけた!!

さよならを言《い》う前《まえ》に

そのまま少女の後を追う。

二人の子供を連れて少女は廊下《ろうか》を歩き、ロッカールームに入っていった。

中から高天《たかま》の声がする。

「お、夢美《ゆめみ》、サンキュ。ああドア、開けといて。自販機《じはんき》に飲み物買いに行った連中が、すぐ戻ってくるから」

開かれたままのドアに近寄《ちかよ》り、そっと中をうかがった。

思い思いに談笑《だんしょう》している部員たちの間で、少女は高天と話している。

笑い声を上げたり、高天をにらんだり、飛びまわる子供を叱《しか》ったりする様子は、生き生きとしていた。

誘《さそ》われて、聖樹《せいじゅ》は微笑《ほほえ》む。

自分のそばで、こんな笑顔を振《ふ》りまきながら貴女《ダアム》として務《つと》めてくれたら、どれほどいいだろう。

そう思いながら、ふっと疑問を抱《いだ》いた。

この笑顔は、ミカエリス家に入っても、続くのだろうか。

母を思う。

昔は、よく笑う、明るい人だったと聞いた。

それが一変《いっぺん》したのは病気に倒《たお》れてからだということだが、考えてみれば、ドイツに渡りミカエリス家に入ったのと、発病《はつびょう》は時期を同じくしていた。

日本や、親しい人たちから離れたことが、母の心に影響《えいきょう》を与えたのではないか。

花園で美しい花を見つけて、折り取り、家に持ちこんで花瓶《かびん》に挿《さ》す。

花は、しばらくはそのままだが、やがて枯《か》れていく。

母は、そんなふうだったのかもしれないと思えた。

「宏、それでも、あんたキャプテン？　あきれるよね。何、言ってんだか」

少女の声に、皆《みな》がどっと笑う。

聖樹は、少女を見つめた。

あれほど朗《ほが》らかに、伸び伸びとしているのは、ここでの暮らしが楽しいからだろう。

それに手をつけるようなまねは、してはいけないかもしれない。

人生を変えてしまうことになるのだから。

母は父を愛していたし、愛されていたのだから、それでもよかったのだ、後悔《こうかい》しなかった。

だが聖樹には、それができない。

どんな危険からも守り、幸せになれるように手をつくすことはできるが、愛することだけはできなかった。

「高天と夢美ちゃんって、つき合い結構《けっこう》、長いよね。そろそろ交際宣言《こうさいせんげん》でもしたらどうなの？」

部員の声に、少女は頰《ほお》を染《そ》めた。

「やだ。私たち、ただの友だちだもん。そうだよね⁉」

視線を向けられて、高天はわずかにうなずく。

「まぁ、な」

あいまいな言い方から、真《しん》の想いがにじみ出ていた。

そうか・・・。

自嘲《じちょう》して、あきらめる。

ドイツに帰る前に、また、この笑顔を見られるだろうか。

別れる前に、見ておきたい、何度でも。

このままサッカー部に関わっていれば、また会う機会《きかい》があるかもしれなかった。

付録

夢美と銀の薔薇騎士団

月光のピアス

「ほんっと、夢美《ゆめみ》ってムードがないよね。かわいい名前してるくせに」

と、しょっちゅう言われてしまう、この私。

佐藤《さとう》夢美、高校二年生、十七歳。

以前は、よく反発《はんぱつ》していたけれど、最近はもういいなおって、

「はいはい、そうよ」

と、答えたりする。

だって私は、

「主婦《しゅふ》っ！」

なんだもの。

いとしのママは、私が中三の時に、病気で死亡《しぼう》。

残されたのは、カップラーメンさえも作れない亭主関白《ていしゅかんぱく》のパパと、まだ二歳の双子《ふたご》の弟、天《てん》吾《ご》と人吾《じんご》。

それで佐藤家の家事育児《いくじ》は、私の肩《かた》にかかってきたわけ、ドッサリと。

以来、悲しむ暇《ひま》もないほど忙《いそが》しく、日々を過《す》ごして二年間。

おかげで、私は、立派《りっぱ》な主婦になってしまった。

炊事洗濯《すいじせんたく》、料理、育児はお手のもの。

包丁《ほうちょう》さばきもあざやかに、お弁当作りは自信たっぷり、味には定評《ていひょう》がある。

ボタンつけやつくろい物も、スーパーの買い物も、バーゲンの人ごみだってけちらして、立派に目的物を手に入れられる。

整理整頓《せいとん》も得意、洗濯も、布団干《ふとんほ》しも、朝のゴミ出しも、テキパキテキパキやってのける。

今や幼稚園生《ようちえんせい》へと成長した天吾と人吾のPTAに出て、おばさんたちと堂々《どうどう》とわたり合うことだって、できる。

でもその代わり、なくしてしまった乙女《おとめ》らしさ。

かわいくて、繊細《せんさい》で、ムードに弱く傷《きず》つきやすい、ナイーブな少女チックさ。

だって乙女チックしてたら、生きてけないんだもの。

傷ついたからって、いちいちオチこんでたら、今日のオカズが作れないし。

ムードにひたっていたら、オムツやパパの靴下《くつした》なんて、とてもじゃないけど、洗う気にゃなれないもん。

それで頑張《がんば》っているうちに、いつの間にか、タフで強ぉい主婦になってしまった、うっうっう。

このごろ時々、思う。

私はまるで、お手伝いさんみたいだって。

主婦の仕事って、果《は》てしがないのよねぇ。

やるそばから、生まれてくるんだもの。

料理だって、洗濯だって、掃除だって、終わってほっとすると、あくる日にはまた、初めっからやらなけりゃならない。

クラスメートの皆《みんな》は、学校終われば青春エンジョイしてるのに、私だけ早く帰ってスーパー行って、買い物して。

家に帰れば、洗濯物の取りこみ、掃除、夕食のしたくにお風呂《ふろ》たき。

食事が終われば、テレビ見てる暇もなく後片づけ、布団敷《し》き、天吾人吾をお風呂に入れて、ぐったり疲《つか》れて宿題やって寝る。

朝は誰《だれ》より早く起きて、朝食のしたくして、四人分のお弁当作って、食事の片づけして、ようやく登校。

そうして私一人が頑張って、快適《かいてき》にした家の中で、パパたちはヌクヌク暮らしてるんだよお・・・。

あーっ、私も一度でいいから、かしずかれたいっ！

みんなに身のまわりのことをいろいろお世話してもらって、女王様みたいに暮らしてみたいっ!!

そんな欲求不満《よっきゅうふまん》がたまってるせいか、このごろよく同じ夢を見る。

それは、すてきな白い扉の奥にある書斎《しょさい》みたいな部屋。

煌々《こうこう》と光るシャンデリアの下に、私が立っている。

私のそばには、軍服にマント、黄金《おうごん》の拍車《はくしゃ》をつけた美しく気高い一人の騎士《きし》がいて、部屋の隅《すみ》の立派な机の引き出しから、小さな箱を出してくる。

中には、ピアスが一つ入っているの。

まん丸で、満月色のかわいいピアス。

彼が、それを私の片耳につけてくれ、ひざまずいて、私の手にキスすると、どこからともなく人がいっぱい出てきて、私に拍手《はくしゅ》をしてくれる。

うーん、こんなふうにされてみたいっ！

周りの人たちの顔は、みんなボヤけててよくわからないけれど、私の手にキスしたその騎士が誰なのかだけは、はっきりわかる。

それは、三年生の鈴影《すずかげ》さん、うふっ。

鈴影聖樹《せいじゅ》。

皆からは、レオンと呼ばれている。

ドイツからの短期留学生《りゅうがくせい》なんだ。

正式名は、聖樹・レオンハルト・ローゼンハイム・ミカエリス・鈴影。

お父《とう》さんがドイツ人で、お母《かあ》さんが日本人。

ずっとドイツにいたんだけれど、お母さんが白血病《はっけつびょう》になって、一度日本に帰りたいと望んだために、ついて来たんだって。

すぐにサッカー部に入部、試合に出た時には、皆が目をまん丸にした。

ゴールキーパーやって、その位置から、相手チームのゴールに直接シュートを決めたんだもの。

宏《ひろし》なんか、

「あいつ、どんだけキック力あんだよぉ・・・」

って、アゼンとしていた。

エース級の活躍《かつやく》だったたんだ。

でも、その後、なぜか試合に出なくなって、部員の指導に当たってるって話。

皆、不思議だって言ってる。

真実《しんじつ》は、不明《ふめい》。

その翌日《よくじつ》に、お母さんが亡《な》くなったせいかもね。

宏の話によれば、一カ月だけの留学ってことで、もう間もなくドイツに帰ってしまうみたい。

ああ、つまんない。

すっごい美貌《びぼう》で、カッコよくて、あこがれの対象《たいしよう》としてピッタリだったのになぁ。

高貴《こうき》で上品な感じのするその顔の中で、ひときわ目立つのは、美しく黒い瞳《ひとみ》。

切れ長で、涼《すず》しげで、そして少し陰《かげ》があって、せつなげですてき。

時々は、うっとりするほど甘やかで、魅惑的《みわくてき》な微笑《ほほえ》みを見せるとかで、それをまともに目撃《もくげき》してしまったら、もう恋のるつぼ。

こがれ狂《くる》わずにいられないという、もっぱらの噂《うわさ》。

見上げるほどの長身で、すらりとした八頭身で、洗練《せんれん》された身のこなし。

でも脱《ぬ》ぐと、意外にたくましくて、着やせするタイプなんだって。

うっ、見てみたいっ！

でも私は主婦しなくちゃならないから、「おっかけ」してる暇なんてないんだ。

時々、学校の中とか、グラウンドで見かけるだけ。

鈴影さんは、艶《つや》やかで黒い髪がとってもすてき。

光の当たり具合によっては、深い緑色に見える。

鈴影さんのこと考えたり、聞いたりしているだけで、私、すごく幸せな気持ちになれるんだ。

ちょっとミーハーだけど、でも、それでいいと思う。

どっちみち、手のとどかない遠い人だもん。

ひと言も口きいたことないし、もちろん性格とかも噂で聞くだけだし、向こうだって私を全然知らないし、それにもうすぐ帰ってしまうんだし。

真剣《しんけん》になって片想いで悩むより、ミーハーで、みんなとキャッキャ言ってた方が楽しいもんね。

それでいいんだ。

そう思ってたのよねぇ・・・。


「夢美《ゆめみ》、今度の土曜の弁当作ってくんない？」

そう言ったのは、高天宏《たかまひろし》。

隣《とな》りの家に住んでる幼馴染《おさななじみ》。

お父さんは、病院づとめのお医者さん。

お母《かあ》さんは、料理教室の先生。

うちのママが死んだ時には、ずいぶん力になってもらった。

私の料理の腕が上達《じょうたつ》したのは、宏のママのおかげもある。

「最近さ、オフクロ、料理教室増やしたんで、忙《いそが》しいらしいんだ」

と言われたら、今までお世話になってる関係上、いやとは言えない。

「いいけど・・・」

「やった！」

パチンと指を鳴らして、日焼けした顔の中から元気いっぱいの瞳《ひとみ》を輝《かがや》かせるところは、すごくかわいい。

　でも、

「ついでに、うちの部の連中の分も頼《たの》むぜ、二十五人分」

　ずうずうしいところが、私は嫌《きら》いっ！

「なんで私が、サッカー部の昼ご飯の世話しなくっちゃなんないわけ」

　宏は、サッカー部の主力《しゅりょく》でキャプテン。

　熱血《ねっけつ》で、がむしゃらで精悍《せいかん》で、私は結構《けっこう》、宏のサッカーが好き。

　でも、それだからといって、大食らいのサッカー部員二十五人分の昼メシの面倒《めんどう》をみるほど、暇《ひま》じゃない。

　家族の分作るだけで、手いっぱいなんだから。

「タダでとは言わない。出させるからさ、弁当代。そうだな、一個六百円でどう？」

　うっ、六百×二十五＝一万五千円。

　主婦《しゅふ》は弱いんだよね、現金に。

「夢美の料理って、ホント美味《うま》いよ、最高。部の連中に自慢《じまん》したら、皆《みんな》が食わせろって言うんだ。頼むよ」

　おまけに主婦は、おだてにも弱い。

　かくて私は、作るはめになってしまったのだった、二十五人分。

「わあ、すっごい夢美ちゃん！　これだけお弁当があったら、一週間ぐらいは籠城《ろうじょう》できるね。で、敵は誰《だれ》？　いつ来るのっ!?」

とリキんだのは、人吾《じんご》。

「やだ夢美ちゃんっ！　これを置いて、家出とかしないでよねっ!!」

と半泣きになったのは天吾《てんご》。

双子《ふたご》でも、性格は全然違う、不思議だなぁ。

「これはね、お隣《とな》りの宏とサッカー部員の分よ」

そう言って、天吾と人吾をなだめておいて、私はいったん学校へ。

午前中の授業をすませてから、サッカー部に行き、人手を借りてお弁当を運ぼうと思った。

女手一つじゃ、とても無理だもの。

ところがサッカー部室は、カラッポ。

そして黒板に書いてあった。

「夢美へ。弁当は、レオンちへ頼む。

宏より」

（中略）

それで放課後、私は鈴影《すずかげ》さんの家にお弁当を運んだのだった。

（中略）

その時、

「ばかやろー、センターバック、走れぇっ！」

コートの中で大声を上げていた宏《ひろし》が、私に気づいて軽く手を上げ、腕《うで》で額《ひたい》の汗をぬぐいながら走ってきた。

「サンキュ。その辺に置いといて。あ、これ、金ね」

強めの風にふき乱《みだ》されている宏のサラサラの髪は、ブルーブラック。

ほとんど黒だけれど、よくよく光にかざして見ると、深い紺《こん》色で、すごくきれいなんだ。

知ってるのは、私だけ。

忘れもしない中二の春、ベランダでサッカーの本を読みながら眠ってしまった宏を、お母《かあ》さんに頼《たの》まれて起こしに行った時、見つけたの。

光の中で、無心《むしん》に眠っていた紺色の髪の宏が、神話の英雄《えいゆう》みたいにすてきに見えた。

急に心臓がドキドキしてきて、しばらくの間、声をかけることができなかったくらい。

それまでは、自分と同類って感じだったのに、その時突然《とつぜん》、宏の日に焼けた肌《はだ》や、すっかりたくましくなった体つきに気づいて、ああ男の子なんだって意識してしまって、まぶしかった。

以降、宏の髪の色は、その時の胸のドキドキとしっかり結びついていて、私はそれを誰《だれ》にも言えない、本人にさえも。

恥《は》ずかしくって、ダメ。

だから、宏がブルーブラックだってことは、私だけの秘密なんだ。

「なんだよ、じっと見て、へんなヤツ。おい、気をつけて帰れよ。ここ広いからさ、迷子《まいご》になるな」

ムッ、口を開くと、憎《にく》らしい。

あんたがすてきなのは、やっぱり眠ってる時だけよ。

「じゃね」

そう言って私は、宏に背を向けた。

さっさと家に帰る・・・つもりだった。

んだけど、ね。

ふっと見かけた渡り廊下《ろうか》のその突《つ》き当たり。

そこになんとっ、あの白い扉があった。

いつも私が夢で見るのとまったく同じ、あの白いドアが！

信じられなかった。

私は呆然《ぼうぜん》として、しばらくの間それを見つめていた。

まあ、ドアの形なんて、みんな似たりよったりのものかも。

と、初めは考えた。

でもしだいに、いや待てよ、これはひょっとして、正夢《まさゆめ》かもしれないと、思い始めたのだった。

正夢・・・つまり、事実と一致《いっち》する夢。

私は、非科学的なことはあんまり信じないんだけれど、それでも、この世のものはすべて科学で証明《しょうめい》できると割り切ることには抵抗《ていこう》を感じるタイプ。

となったら、よおし、この目で確かめるよりないっ！

私はこっそり上がりこんで、そのドアをノックし、返事がないのを幸いに、ギイッと開けてみた。

すると、するとぉっ！

その中は、やっぱり夢に出てきたあの書斎《しょさい》だった。

私は、立ちつくしてしまった。

天井《てんじょう》に吊《つ》るされているシャンデリアの形も同じ、壁の色も、床のモザイク模様《もよう》も、はっきりくっきり記憶《きおく》にピッタリ！

とすると、あの夢の部屋は、ここだったんだ。

私はここを、夢に見ていたんだ。

まだ信じられない気分で私は、ぐるっとその部屋の中を見まわしていて、やがて見つけた、立派な机。

確か、この机の中からピアスの箱を出してきたんだっけ。

そう思って、その引き出しを開けてみると、何とっ！

中にあった、おんなじ箱がっ!!

私はもう、胸のドキドキが最高潮《さいこうちょう》。

うっ、中を見たいっ！

でも、その小さな箱の留《と》め金には、紙がべったりと貼《は》りつけてあった。

五つの先端《せんたん》を持つ星が描いてある紙。

これを破《やぶ》らなけりゃ、中を見ることはできない。

他人の物だから、そんなことをしちゃいけないとは思うけれど、でもできるもんなら、えーい、破ってしまいたいっ！

と思ったその時、ガッシャーンと窓ガラスの割れる音がし、そこからサッカーボールが飛びこんできて、私の持っていた小箱を直撃《ちょくげき》！

きゃあっ!!

私は思わず手を放し、ボールは回転しながら、その小箱と一緒に床に落下《らっか》した。

たたきつけられた小箱は、カタンと蓋《ふた》が開き、直後にそこからあのピアスがはね返ってきて、なんと私の耳たぶに突き刺《さ》さったのだった。

私は耳を押さえて大声を上げ、その瞬間《しゅんかん》、ピアスから七色の光がパッとあたりに飛び散った。

私は、ますます大悲鳴っ！

きゃあっ、これはいったい何なのっ!!

「夢美、どうしたっ!?」

叫《さけ》んでドアから飛びこんできた宏と光坂君が息をつめ、その七色の光の中に立ちつくした。

「何だ、これ!?」

「体が、動かないよ・・・」

その時、もう一方のドアが急に開いて、そこから冷泉寺貴緒《れいぜんじたかお》が姿を見せ、やっぱり目をむいて立ちすくんだ。

「ちょっと、何だよ、これ!?」

男の子みたいなその言葉遣《づか》いにも、驚く余裕《よゆう》がないほど私は呆然《ぼうぜん》としたまま、五、六秒。

まもなく光はすうっとおさまり、あたりはいつも通りの色彩《しきさい》に戻って、私以外の三人は、放り出されるように床に転がった。

宏が最初に、飛びのくように起き上がり、床に片膝《かたひざ》をついた。

「何だっ、今のっ⁉」

首をかしげる光坂君のそばで、冷泉寺さんが冷ややかなその目を私に向ける。

「あんたのそのピアス。そこから光が出てた。ちょっとこっちに見せてくれ」

それで私は、ピアスが突き刺さったことを思い出し、あわてて取ろうとした。

でも取れなかった、痛くて。

それで壁の鏡の前に行って、そこに耳を映して、見ながら取ろうとしたんだ。

でも鏡の前に立った瞬間、私は叫びそうになってしまった。

ひえぇっ！

だってピアスの色が、変わっていた。

夢で見た時も、さっきも、確かに黄色っぽい満月色だったのに、今はまっ赤《か》。

ほとんど血の色、うっ、恐《こわ》いっ！

「取って！　誰か、早く取って‼」

私が言うと、まず宏が、それから光坂君が、取ろうとした。

でも、ピアスはビクともしなかった。

最後に冷泉寺さんが試してみて、ダメだとわかると、ギラッと私をにらんだ。

「耳を切れ」

ううっ、評判通り、冷たいっ！

「とにかく、医者に行こう！」

宏が私の肩《かた》を抱いてそう言い、私は心細さのあまり、宏にすがりつきたい思いで、うなずいた。

「ボク、レオンさんを呼んでくる」

光坂君が駆《か》け出していき、私たちの後ろで冷泉寺さんが、床に転がっていたピアスの小箱を拾《ひろ》い上げながら、ほっと息をついた。

「そのピアス、肉にくいこんでる。ちょっとやそっとじゃ、取れないと思うけど」

ゾクッ！

取れなかったら、どーしようっ！

校則違反《いはん》で退学《たいがく》だよぉ・・・。

「大丈夫。オヤジに言って、すぐ、いい病院を当たってもらう」

言いながら宏は振《ふ》り返り、冷泉寺さんをにらんだ。

「おどかすのよせよ。だいたい、なんでおまえがここに来てんの？」

冷泉寺さんは、ピアスの小箱をあちこち調べながら、その冴《さ》えた視線をこっちに投げた。

「合宿所の取り合いに負けたバカなサッカー部が、どうしているのか見に来たんだ。そしたらいきなりの悲鳴で、放っておけなかったわけ」

宏は、ムッとしたようにその目を光らせながら、私の肩をつかんだ手にぐいっと力を入れた。

「行こう」

でも私はその時、新発見をしたんだ。

確かに冷泉寺さんは、言葉がすごく悪い。

でも、言ってることは、わりとまっとう。

だって、自分たちが合宿所を占領《せんりょう》してしまったから、追い出されたサッカー部のことを心配して、様子を見に来たわけでしょ。

それで悲鳴を聞いて、急遽《きゅうきょ》ここに駆けつけてくれたんだ、やさしいじゃん。

「ありがとうって言えば？」

足を止めて私が宏にそう言うと、宏はカッと目を見開いた。

「負けただの、バカだの言われて、どーしてありがとうなんだっ!?」

と、後ろで冷泉寺さんが、そっぽを向いたまま、ひと言。

「単細胞《たんさいぼう》」

「何ぉっ！」

宏は、いきり立って冷泉寺さんを振り返り、もう完全に私のことなんて忘れている。

ああ、ほんとに単純。

しかし考えてみりゃ、この二人って、タイプが逆なんだ。

熱くて感情的な宏と、冷ややかで冷静な冷泉寺さん。

うーむ、相性悪いかもね。

そこに、荒々《あらあら》しい足音とともに光坂君が戻ってきた。

鈴影さんを連れている。

「どうしたって？」

低く響《ひび》きのいい声で言いながら、鈴影さんはドアの間から姿を現し、私の方へと歩いてきた。

黒く艶《つや》やかな髪、品のいい端整《たんせい》な顔立ち、涼《すず》しげな目、そして流れるような身のこなし。

うっ、あこがれが近寄《ちかよ》ってくる！

ときめかずにいられないっ!!

「ピアスが、刺さって、取れなくなったんです」

光坂君が言って私を指さすと、鈴影さんはふっとこちらを向いた。

瞬間《しゅんかん》、私は息をするのを忘れてしまった。

翳《かげ》りをおびて深く輝《かがや》くその眼差《まなざし》と、いきなり真っ正面から見つめ合ってしまったものだから。

そのあまりの美しさに、息ばかりじゃない、ほとんど何もかも忘れてしまったっ！

ううっ、美しいっ!!

「え・・・」

少し目を見開いて鈴影さんは言い、つかつかと歩み寄ってきて、私の耳に指を伸ばした。

「ちょっと、ごめん」

ささやくような声とともに、繊細《せんさい》な感じの指先が私の耳たぶに触《ふ》れ、彫《ほ》りの深いその横顔が、もうちょっとで頬《ほお》に触《さわ》りそうなほど近づいて、ふわっとミントの香りがした。

私はもう、気が狂《くる》ってしまいそうだった。

今までは、せいぜい五メートルほど近づいたのが最大接近距離《せっきんきょり》だったのに、今はほとんど、十センチっ！

ああ、ときめきが止まらない!!

「このピアス、どこにあった？」

え・・・、鈴影さんってば、知らなかったのかな。

不思議に思いながら、私が机の引き出しを指さし、冷泉寺さんの持っている小箱のことを教えると、鈴影さんはギラッとその目を光らせた。

「月光のピアスだ」

えっ!?

「月光のピアス」に続く

あとがき

初めてこの作品を手に取ってくださる方々へ。

「まえがき」でも触《ふ》れましたが、これは一九八九年にスタートしたシリーズです。お気に召《め》すかどうか、不安ですが、お楽しみいただけると、大変うれしいです。ご感想、ご要望《ようぼう》などありましたら、編集部まで、お手紙でお寄せください。柳瀬《やなせ》や担当編集者とともに拝読《はいどく》いたします。


かつてこの物語を読んでいた方々へ。

皆様、お元気ですか？

私はとても元気で、毎朝五時に起き、仕事をしています。

前書きに書きました通り、皆様の大変強く、また切実《せつじつ》なご要望により、このシリーズをようやくスタートさせることができました。

今までの物語を、できるだけ変えない。

新しい物語を、できるだけ書きこんでいく。

この二つを、一つの小説の中で行うことは、作家カミュも言っていますが、不条理《ふじょうり》です。けれども、これまでいただいた皆様からのご希望を総合すると、そういうことになりますので、柳瀬や、担当編集者とともに頑張《がんば》っていきたいと考えています。

また「このまま自分の心にしまっておきたい。新しいものはもう読みたくない」というお手紙もありました。そのような方々は、今回の「銀薔薇《ぎんばら》」を手に取らないようにお勧《すす》めします。そうすれば、あなたの心の中は、そのままです。

では、お手紙をくださった方々に、この場を借りて、お返事いたします。

「銀薔薇」スタートに、喜びの声を送ってくださった福岡《ふくおか》県のS岡さん、東京都のS木さん、H野さん、群馬《ぐんま》県のS木さん、大阪府《おおさかふ》のA立さん、京都《きょうと》府のO槻さん、栃木《とちぎ》県のW林さん、福岡県のKさん、静岡《しずおか》県のS藤さん、O村さん、岩手《いわて》県のU野さん、山形《やまがた》県のS良さん、そして沖縄《おきなわ》県のH嘉さん、他の方々、どうもありがとう！

充分《じゅうぶん》にご堪能《たんのう》ください。

疑問やご希望などありましたら、またお手紙くださいね。

「我々は、総帥《そうすい》の復活《ふっかつ》を待ち望《のぞ》む」

という電報《でんぽう》をくださっていた広島《ひろしま》県のS田さん、京都府のM永さん、青森《あおもり》県のT島さん、群馬県のE藤さん、岡山《おかやま》県のO島さん、栃木県のK谷さん、東京都のI城さん、石川《いしかわ》県のY本さん、S藤さん他の方々、どうぞ今回の刊行で、修羅《しゅら》の心を落ち着かせてくださいね。

皆様のお気持ちも、きちんと受け止め、努力を重ねてきました。ずいぶんと時間がかかりましたが、何とかここまでこぎつけることができました。たっぷりとお楽しみくださいませ。

熊本《くまもと》県のY本さん、フランスの作家の言葉に、こういうものがあります。「人生が時として過酷《かこく》すぎる試練を与えることがある」。あなたの場合は、まさにそれですね。でも乗り越えたあなたは、とても立派《りっぱ》だと思います。心から拍手《はくしゅ》を送りたい！　きっと誰《だれ》から見てもステキな人になっていることでしょう。ご提案《ていあん》の「鑑定医《かんていい》シャルル」に、成長したマリナを登場させる件については、よく考えてみますね。ありがとう！

横浜《よこはま》のT梨さん、東京都のY田さん、愛知《あいち》県のS宮領さん、栃木県のM室さん、他の皆様、ご結婚おめでとう！　小・中学生の頃から私の小説を読んでくださっている方々から、結婚のご報告を受けることは、限りない喜びです。伴侶《はんりょ》を見つけ、新しい人生に船出していくあなた方を、まるで母親のような気持ちで見つめています。どうぞ、お幸せに！　もし困ったことなど起こりましたら、いつでもご相談ください。お力になれるとうれしいです。

石川県のSさん、きっとこれを読んでくださっていると思い、ここにメッセージを送ります。あなたからいただいたファイルは、この二十数年間ずっと私のデスクの中にありました。あなたが、これにどれほどの時間を費《つい》やしたのかが、はっきりとわかるものでした。小説やキャラクターに寄せるあなたの情熱や細やかな愛情にも、胸を打たれました。

これを今、あなたにお返ししたいと思っています。

いただいた時から年月が経《た》った今、あなたがどのような環境にあるのかわかりません。でも、もし疲《つか》れていたり、不幸であったりするならば、昔あなたが描いたこれが、今のあなたを慰《なぐさ》め、励《はげ》まし、自分の力を再確認させてくれるものだと思います。

それは、私がこのまま持っているよりも、意味のあることではないでしょうか。

もし今がお幸せで、もう必要ないということでしたら、喜んで私がいただいておきますが。

ライトノベルの「あとがき」を書くのは、随分《ずいぶん》と久しぶりで緊張《きんちょう》しました。なんだかギクシャクしてしまいましたが、皆様、どうぞ、お許しいただけますよう。

ご意見、ご感想は、お手紙でお願いいたします。柳瀬や担当編集者とともに拝読し、参考にさせていただきます。

それでは次作で、またお会いしましょう、ご機嫌《きげん》よう。

藤本ひとみ

追伸・・・キリスト教のクリスマス・イヴ。この日を、キリスト教徒《きょうと》の方々は、イエスが生まれた前日と認識《にんしき》していますが、私は、鈴影聖樹《すずかげせいじゅ》が生まれた当日と認識しています。友人たちからは、「世界三大宗教《しゅうきょう》の一つを向こうに回して新説《しんせつ》を立てるなんて大胆《だいたん》すぎる。ローマ教皇庁《こうちょう》から『銀のチェイカー』来るよ」と脅《おど》されていますが、来てもいい、取材するから。

■ご意見、ご感想をお寄せください。
《ファンレターの宛て先》
〒102-8431 東京都千代田区三番町6-1
株式会社エンターブレイン
ビーズログ文庫編集部
藤本 ひとみ 先生・柳瀬 千博 先生・
えとう 綺羅 先生
《アンケートはこちらから》
http://www.enterbrain.co.jp/bslog/bslogbunko/

■本書の内容・不良交換についてのお問い合わせ。
エンターブレインカスタマーサポート：0570-060-555
(受付時間 土日祝日を除く 12:00〜17:00)
メールアドレス：support@ml.enterbrain.co.jp

B's-LOG BUNKO
ビーズログ文庫

や-3-01

夢美《ゆめみ》と銀《ぎん》の薔薇騎士団《ばらきしだん》

序章《じょしょう》 総帥《そうすい》レオンハルト

原作／藤本《ふじもと》ひとみ　文／柳瀬千博《やなせちひろ》

2013年4月26日 初刷発行

発行人　浜村弘一
編集人　森 好正
編集長　森 好正
発行所　株式会社エンターブレイン
〒102-8431 東京都千代田区三番町 6-1
(代表) 0570-060-555
発売元　株式会社角川グループホールディングス
〒102-8177 東京都千代田区富士見 2-13-3
編集　ビーズログ文庫編集部
デザイン　虻川貴子
印刷所　凸版印刷株式会社

ISBN978-4-04-728840-9

定価はカバーに表示してあります。